जीव विज्ञान
के
प्रोजेक्ट्स

जीव विज्ञान
के
प्रोजेक्ट्स

प्रवीण कुमार बन्द्रवाल

नीलकंठ प्रकाशन
नई दिल्ली-110002

ISBN : 978-93-95145-38-1

मूल्य : 460.00

प्रथम संस्करण : 2022

द्वितीय संस्करण : 2025

प्रकाशक : **नीलकंठ प्रकाशन**
4760-61, 23, अंसारी रोड़
दरियागंज, नई दिल्ली-110002

शब्द-संयोजक : गुप्ता कम्युनिकेशन, शाहदरा, दिल्ली-110032

मुद्रक : मणिपाल टेक्नॉलजीस् लिमिटेड, भारत

JEEV VIGYAN KE PROJECTS *by* Praveen Kumar Bandarwal

दो शब्द

पृथ्वी के भीतर अथवा इसके ऊपर अथवा पानी में अनगिनत जीव-जन्तु एवं पेड़-पौधे विचरण कर रहे हैं। जीवन-शैली, शारीरिक संरचना, सोचने की शक्ति एवं सैकड़ों अन्य बातों में ये सभी भिन्न होते हैं। लेकिन एक सामान्य विशेषता है जो इन सबमें होती है, वह यह है कि प्रकृति की सभी विधाएँ—पानी, हवा, मिट्टी और पृथ्वी पर पाए जाने वाले रासायनिक तत्व। आश्चर्य तथ्य यह है कि ये सभी एक-दूसरे पर निर्भर करते हैं। प्रस्तुत पुस्तक जीव-विज्ञान प्रोजेक्ट्स में इन्हीं जीव-जन्तुओं एवं पेड़-पौधों की समन्वयता को प्रकट करते हुए कुछ रोचक परियोजनाएँ तैयार की गई हैं ताकि पाठक रोचकता के साथ इन परियोजनाओं को दोहरा सके तथा प्रकृति प्रदत्त जीव-जन्तुओं एवं पेड़-पौधों की घटती प्रजातियों को रोक सके। पाठकों से अनुरोध है कि वे बेहिचक पुस्तक की त्रुटियों से अवगत कराएँ ताकि अगले संस्करण में इनको सुधारा जा सके।

—प्रवीण कुमार बन्द्रवाल

विषय-सूची

1

जल में सूक्ष्म जीव

जब बहुत सजीव जीव और सूक्ष्म जीवों का घर हो सकता है, खासकर अगर वह तालाबों या निकटवर्ती पौधों में पाए जाने वाले गन्दा पानी का हो। कुछ नमूने लें, उन्हें एक माइक्रोस्कोप के नीचे देखें और देखें कि आप क्या पा सकते हैं। तालाब में पाए गए पानी की तुलना में आपके नल का पानी कितना साफ है? प्रयोग करें और देखें कि आपको किस प्रकार के सूक्ष्म जीव मिल सकते हैं।

आपको किस चीज की जरूरत है

1. अवतल स्लाइड
2. एक ड्रापर
3. माइक्रोस्कोप
4. पानी के विभिन्न नमूने (नल का पानी, तालाब का पानी, गन्दे पानी आदि) पौधों या मिट्टी के पास नमूने लेने के लिए अच्छे स्थान होते हैं क्योंकि आमतौर पर अधिक सूक्ष्मजीव होते हैं।

निर्देश

1. माइक्रोस्कोप सेट करें, अधिमानतः अपनी उच्चतम सेटिंग का उपयोग कर।

2. अपने नमूने में से किसी एक से कुछ पानी लेने के लिए ड्रॉपर का उपयोग करें और इसे अवतल स्लाइड पर रखें। माइक्रोस्कोप पर ध्यान दें, आपक्या देख सकते हैं? धीरज रखो अगर आप कुछ भी नहीं देख सकते हैं यदि आप अभी भी कुछ भी नहीं देख पा रहे हैं और जाँच कर रहे हैं कि आप फोकस में हैं, तो एक अलग पानी का नमूना लें।
3. देखो कैसे प्राणियों ले जाएँ उनकी गतिविधियों को देखने के बाद आप उनके व्यवहार रिकॉर्ड कर सकते हैं और उन्हें आकर्षित कर सकते हैं।

क्या देख रहे हो

जीवों और सूक्ष्मजीवों में से कुछ आप देख सकते हैं, इसमें

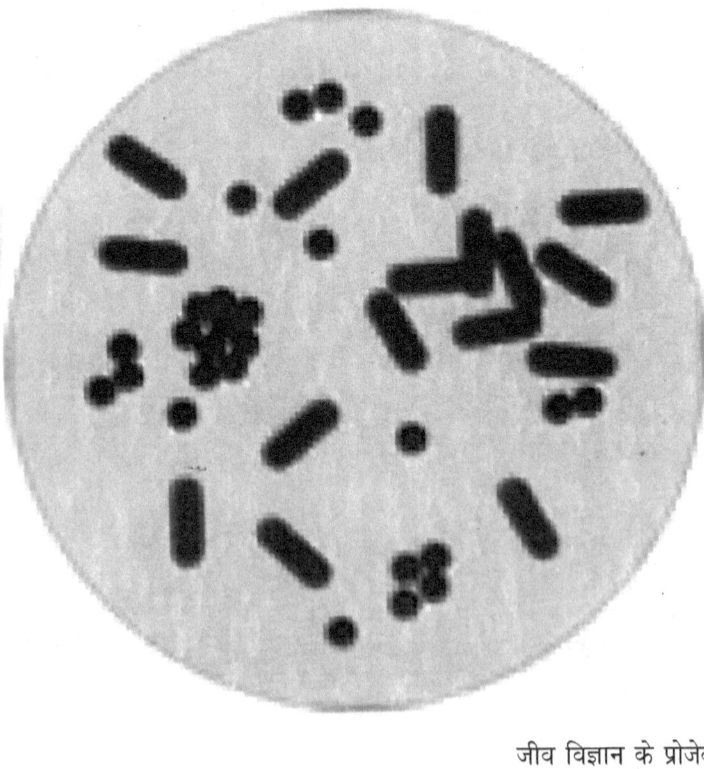

शामिल हैं–

- **सूगलेंस**–ये एक पौधे और जानवर के बीच हैं, उनके पास एक लम्बी पूँछ है जो एक फ्लैगेलम कहलाता है जो उन्हें स्थानान्तरित करने की अनुमति देता है।
- **प्रोटोजोआ**–उनके पास एक फ्लैगेला (पूँछ) है जो देखना कठिन हो सकता है, प्रोटोजोआ और शैवाल के बीच का अन्तर अक्सर परिभाषित करना मुश्किल होता है।
- **अमिबास**–इन सूक्ष्म जीवों को वाइबलिंग द्वारा तैरते हैं। वे भोजन करने के लिए एक बूँद की तरह अपने भोजन को घेरते हैं।
- **शैवाल**–अधिकांश वैज्ञानिकों द्वारा पौधों के रूप में नहीं माना जाता है, इन जीवों का रंग पीला, हरा या लाल हो सकता है। वे खुद को या जंजीरों से मिल सकते हैं।
- यहाँ तक कि मेरे बड़े जीव जैसे कि आपके पानी के नमूनों में कीड़े या नमकीन चिंराट हो सकते हैं, इस पर निर्भर करते हुए कि आप उन्हें कहाँ से ले गए थे।

2

अण्डों के बुलबुले

बच्चों के लिए यह मजेदार विज्ञान प्रयोग अंडे की कुछ दिलचस्प विशेषताओं पर केन्द्रित है। एक अण्डा के अन्दर एक छोटे से हवा की जेब के अस्तित्व को साबित कर दें और साथ ही छिद्रों के हजारों छेदों में छिद्रों का पता चलता है, जबकि सीखते हुए हवा क्या गर्म होती है।

आपको किस चीज की जरूरत है

1. एक साफ ग्लास या जार
2. गर्म पानी
3. एक अण्डा
4. एक आवर्धक काँच

निर्देश

1. काँच या जार में ध्यान से अंडे रखें।
2. काँच या जार में गर्म पानी डालना, जब तक कि यह लगभग पूर्ण न हो।
3. एक मेज या सपाट सतह पर काँच या जार छोड़ दें और कुछ मिनटों के लिए अण्डा देखिए (काँच गर्म हो सकता है इसलिए सावधान रहें)।

4. क्या हो रहा है यह बारीकी से जाँच करने के लिए अपने आवर्धक ग्लास का उपयोग करें।

क्या हो रहा है

गर्म पानी के साथ अण्डा के आसपास के बाद आप अण्डा खोल पर बने छोटे बुलबुले देखेंगे, जो अन्ततः सतह पर अपना रास्ता बुलन्द करेंगे।

अंडे में शैल और अण्डा सफेद रंग के बीच अपने बड़े अन्त में छोटी हवा की जेब होती है। जब इस छोटी-सी जेब में हवा में गर्मी शुरू होती है तो यह फैलता है और खोल से बाहर निकालने की कोशिश करता है, लेकिन यह कैसे बच जाता है?

वे सामान्य परिस्थितियों में देखने के लिए बहुत छोटे हैं, लेकिन एक आवर्धक ग्लास की मदद से आप देख सकते हैं कि अंडे के गोले में हजारों छोटे छेद होते हैं जिन्हें पॅरिस कहा जाता है (मानव त्वचा में भी छिलका होता है)।

छिद्रों ने शेल के माध्यम रो हवा को पारित करने की अनुमति दी है, जिससे यह दिखता है कि अंडे श्वास ले रही है क्योंकि हवा का विस्तार होता है और शेल के माध्यम से मजबूर होता है।

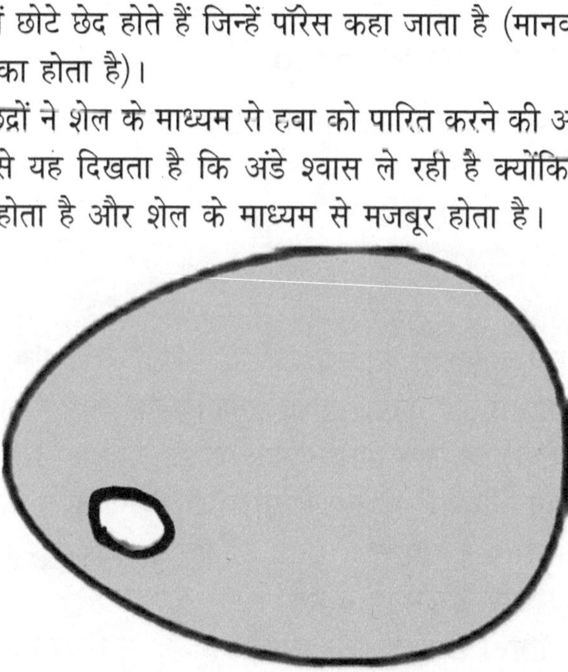

3

स्वयं का इन्द्रधनुष बनाओ

बच्चों के लिए इस मजेदार विज्ञान प्रयोग के साथ इन्द्रधनुष बनाने का तरीका जानें। बस कुछ साधारण रोज वस्तुओं का उपयोग करके आप यह पता लगा सकते हैं कि इंसबैंस एक इंटरेक्टिव का आनन्द लेते समय काम करते हैं, जो कि बच्चों के लिए एकदम सही है।

आपको किस चीज की जरूरत है

1. एक गिलास पानी (लगभग तीन चौथाई भरा)
2. सफेद कागज
3. एक धूपदार दिन

निर्देश

1. सूर्य के प्रकाश के साथ कमरे के एक हिस्से के लिए पानी के गिलास और कागज ले लो (एक खिड़की के पास अच्छा है)।
2. कागज के ऊपर गिलास पानी पकड़ो (सावधान रहना) इसे न छूने और घड़ी के रूप में सूरज की रोशनी काँच के पानी से गुजरता है, रिफ्रैक्ड (झुकता है) और कागज की शीट पर रंगों की एक इन्द्रधनुष बनाता है।
3. विभिन्न ऊँचाइयों और कोणों पर पानी के गिलास को पकड़ने

की कोशिश करें, यह देखने के लिए कि इसका एक अलग प्रभाव है।

क्या हो रहा है?

जब आप सामान्य रूप से एक इन्द्रधनुष आकाश में रंग के एक चाप के रूप में देखते हैं, वे अन्य स्थितियों में भी बना सकते हैं। आपने पानी के फव्वारे में या इन्द्रधनुष को झरना की धुन्ध में देखा हो और आप भी इस तरह के प्रयोग में अपना खुद का बना सकते हैं।

जब सूरज की रोशनी रेखांकित (झुकता) के रूप में वर्षा बूंदों से गुजरती है तो आकाश में इन्द्रधनुष होता है, यह उसी तरह कार्य करता है जब यह आपके ग्लास पानी से गुजरता है। सूरज की रोशनी, लाल, नारंगी, पीले, हरे, नीले, नील और वायलेट रंगों में इसे अलग करती है।

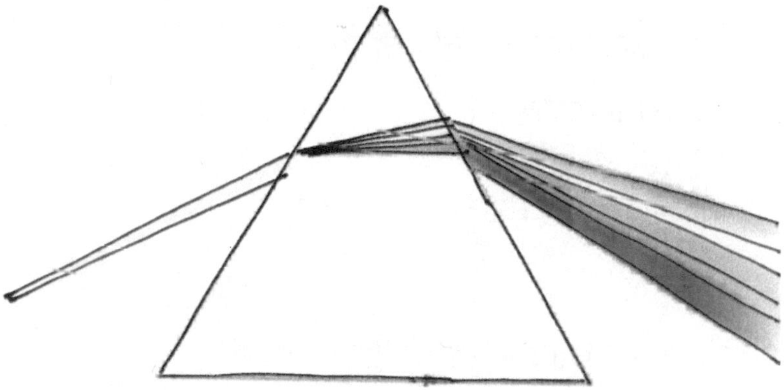

4

गर्म हवा में अधिक कक्ष की आवश्यकता

जैसा कि इसका तापमान बढ़ता है, हवा थोड़ा अलग तरीके से शुरू होता है पता लगाएँ कि एक गुब्बारे के साथ क्या होता है जब इसके अन्दर हवा बच्चों के लिए इस मजेदार विज्ञान प्रयोग से गर्म होती है।

आपको किस चीज की जरूरत है

1. खाली बोतल
2. गुब्बारा
3. गर्म पानी का पॉट (उबलता नहीं)

निर्देश

1. खाली बोतल के मुँह पर गुब्बारा बढ़ाएँ।
2. गर्म पानी के बर्तन में बोतल रखो, इसे कुछ मिनटों तक खड़े रहें और देखें कि क्या होता है।

क्या हो रहा है?

चूंकि गुब्बारा के अन्दर की हवा में तपस्या होती है, यह विस्तार करने के लिए शुरू होती है। अणु एक दूसरे से तेज और आगे बढ़ने लगते हैं। यह वही है जो गुब्बारा खिंचाव बनाता है। अब भी गुब्बारे

और बोतल के भीतर हवा की एक ही राशि है, यह अभी तक विस्तारित होने के साथ-साथ बढ़ जाती है।

गर्म हवा इसलिए ठण्डा हवा की तुलना में ज्यादा जगह लेता है, यह ठण्ड हवा से भी कम है, जो एक ही स्थान पर है। हो सकता है कि आपने इस सिद्धान्त को कार्यवाही में देखा हो, अगर आपने एक गर्म हवा का गुब्बारा देखा है या देखा है।

5

स्टेटिक के साथ झुका पानी

यहाँ एक आसान और मजेदार विज्ञान प्रयोग है जो बच्चों को स्थैतिक बिजली के बारे में जानने में मदद करने के लिए बहुत अच्छा है। अपने बाल को जोड़कर या फुलाए हुए गुब्बारे के साथ रगड़कर निर्मित स्थिर बिजली के साथ झुकने की कोशिश करें, क्या यह वास्तव में किया जा सकता है? इसे एक कोशिश दे दो और पता करें!

आपको किस चीज की जरूरत है

1. एक प्लास्टिक कंघी (या फुलाए गुब्बारे)
2. एक नल से पानी की एक संकीर्ण धारा
3. सूखे बाल

निर्देश

1. पानी को चालू करें, इसलिए यह एक छोटी-सी धारा में नल से गिर रहा है (बस कुछ ही मिलीमीटर पूरे बूँदों पर नहीं)।
2. आपके बाल के माध्यम से कंघी को चलाने के लिए जैसे ही आप आमतौर पर ब्रश करते हैं (लगभग 10 गुना करते हैं)। यदि आप एक गुब्बारे का उपयोग कर रहे हैं तो कुछ सेकंड के लिए अपने बालों के पीछे इसे पीछे और रगड़ें।
3. कम्बल या गुब्बारा को पानी की धारा (इसे दूने के बिना) की

तरफ खींचें, जबकि देखिए कि क्या होता है।

स्थैतिक बिजली जो आपने अपने बालों को मिलाकर या गुब्बारे के खिलाफ रगड़कर बनाई थी, पानी की धारा को आकर्षित करती है, इसे कंधी या गुब्बारे की तरह जादू की तरह झुकता है।

नकारात्मक रूप से चार्ज किए गए कणों को आपके बाल से कंघी करने के लिए इलेक्ट्रॉनों को छलांग कहते हैं, जब वे एक साथ रगड़ते हैं, तो कंघी में अब अतिरिक्त इलेक्ट्रान होते हैं और नकारात्मक रूप से चार्ज किया जाता है। पानी में दोनों सकारात्मक और नकारात्मक आरोप लगाए गए कण हैं और तटस्थ हैं। सकारात्मक और नकारात्मक आरोप एक दूसरे के लिए आकर्षित होते हैं, जब आप नकारात्मक चार्ज किए गए कंघी (या गुब्बारा) की धारा की ओर ले जाते हैं, तो यह पानी के सकारात्मक चार्ज कणों और धारा के झुकाव को आकर्षित करता है।

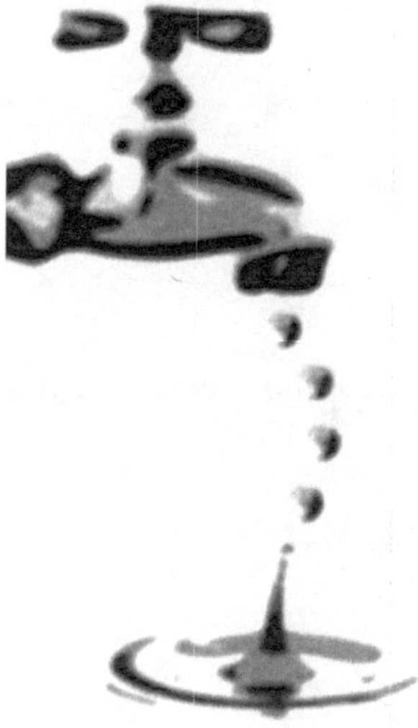

6

जीवाश्म कास्ट परियोजना

एक दिलचस्प वस्तु खोजें और इसे पत्थर में सेट करें, इसके प्रभाव को एक जीवाश्म के रूप में रहने दें।

अपने खुद के जीवाश्म को मजेदार बनाने और सीखने के लिए वैज्ञानिक कैसे प्रयोग करते हैं कि अतीत के रहस्यों को अनलॉक करने के लिए उनका उपयोग किया जाता है, जिसमें डायनासोर की उम्र में जीवन में उल्लेखनीय अन्तर्दृष्टि प्रदान की गई है। अपना जीवाश्म बनाओ।

आपको किस चीज की जरूरत है

1. प्लास्टिसिन
2. दो पेपर कप
3. एक ऑब्जेक्ट जिसे आप जीवाश्मित छाप के रूप में इस्तेमाल करना चाहते हैं।
4. प्लास्टर ऑफ पेरिस (POP)
5. पानी

निर्देश

1. प्लास्टिसिन की एक गेंद को समतल करें, जब तक यह सुनिश्चित नहीं होता कि शीर्ष चिकनी है।

2. एक पेपर कप के अन्दर प्लास्टिसिन को चिकनी ओर का सामना करना पड़े। सावधानी से उस ऑब्जेक्ट को दबाएँ जिसे आप पलास्टिसिन में जीवाश्म करना चाहते हैं जब तक कि इसे आंशिक रूप से दफन नहीं किया जाता।
3. ऑब्जेक्ट को प्लास्टिसिन से हटाएँ। ऑब्जेक्ट की एक छाप पीछे छोड़ दी जानी चाहिए।
4. पेपर के आधा कप प्लास्टर को दूसरे कप में डालें। प्लास्टर तक एक चौथाई कप पानी जोड़ें और जब तक मिश्रण चिकनी न हो जाए लगीाग दो मिनट के लिए इसे छोड़ दें।
5. जब मिश्रण में मोटी हुई तो दूसरे कप में प्लास्टिसिन की चोटी पर डाल दें। जब तक प्लास्टर सूखा न हो तब तक मिश्रण छोड़ दें (यदि आप सुनिश्चित करना चाहते हैं तो 24 घंटों के लिए इसे छोड़ दें)।
6. जब प्लास्टर पूरी तरह से सूख गया, पेपर कप के पक्षों को हटा

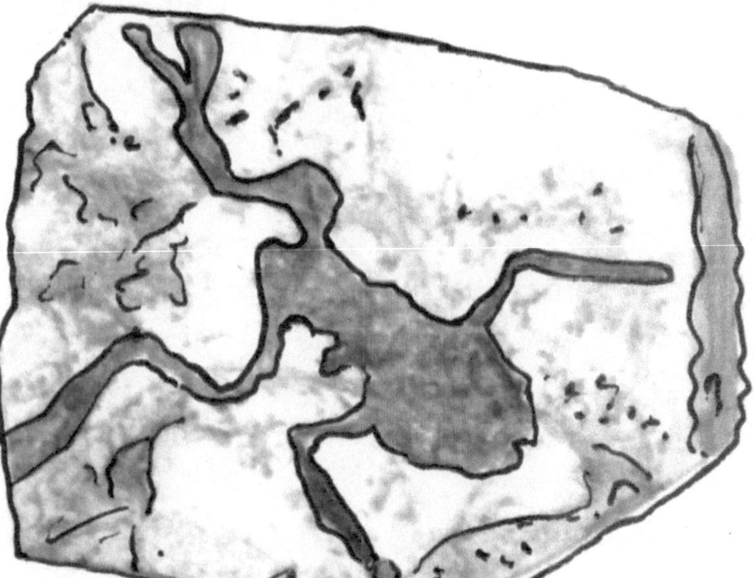

दें और प्लास्टिसिन और प्लास्टर ले जाएँ। इसे गर्म शुष्क स्थान पर रखें और अपने बहुत ही जीवाश्म का आनन्द लें।

क्या हो रहा है

जीवाश्म अतीत की अत्यन्त उपयोगी रिकॉर्ड हैं। आपके मामले में आप किसी वस्तु के प्रभाव के पीछे छोड़ गए, लेकिन दुनिया भर के वैज्ञानिकों द्वारा पाए गए जीवाश्म डायनासोर के समय तक वापस आ सकते हैं। इन जीवाश्मों का अध्ययन करने के लिए पेलेओन्टोलॉजिस्ट (वैज्ञानिकों के नाम जो जीवाश्मों के इन प्रकारों का अध्ययन करते हैं) का अध्ययन करने के लिए लाखों साल पहले जीवन क्या हो सकता है। जीवाश्म जैसे कि आपने बनाया था नाजुक पैटर्न और विस्तार की एक आश्चर्यजनक मात्रा में जा सकते हैं।

7

पेय को गरम रखना

कल्पना कीजिए कि आप एक गर्म पेय बना रहे हैं आप कुछ दूध जोड़ने के बारे में हैं जब आपको पता चलता है कि आपका पड़ोसी अपने दरवाजे पर दस्तक दे रहा है।

क्या आपको अब दूध जोड़ना चाहिए या तब तक इन्तजार करना चाहिए जब तक आप अपने पड़ोसी से बात नहीं कर लेते? अच्छा सवाल कुछ शोध करने का समय!

आपको किस चीज की जरूरत है

1. चार कप जो बिल्कुल समान हैं
2. गर्म पानी
3. ठण्डा पानी
4. ठण्डा दूध
5. थर्मामीटर
6. चम्मच

निर्देश

1. आधा गर्म पानी से प्रत्येक कप भरें।
2. जाँच लें कि सभी कप एक ही तापमान पर हैं। अब एक कप में थर्मामीटर को छोड़ दें।

3. पहले कप के 1 चम्मच दूध को जोड़ें। दूसरे कप में 1 चम्मच ठण्डे पानी जोड़ें। तीसरे कप में 3 चम्मच दूध जोड़ें। अन्तिम कप में कुछ भी मत जोड़ें।
4. थर्मामीटर के साथ हर मिनट प्रत्येक कप का तापमान जाँचें। पानी का कौन-सा कप सबसे लम्बे समय तक गर्म रहता है।

क्या हो रहा है

यह आपके ऊपर है, क्या आपको लगता है कि आप इसे समझा सकते हैं?

इस विषय से सम्बन्धित कुछ अन्य दिलचस्प प्रश्नों में शामिल हैं—

पेय गर्म रखने के कुछ अच्छे तरीके क्या हैं?

क्या आपने 'इंसुलेशन' शब्द के बारे में सुना है?

क्या होता है अगर आप गरम होने के बजाय एक ठण्डा खाना रखना चाहते हैं?

कौन से अधिक लम्बे समय तक एक पेय गर्म रखने की सम्भावना है—एक लम्बा पतला कप या एक विस्तृत उथले कप?

क्या कुछ तरल पदार्थ दूसरों की तुलना में तेजी से शान्त करते हैं?

पेय गर्म रखने के लिए किस प्रकार का कप बेहतर होता है—कागज, प्लास्टिक, मिट्टी या ग्लास?

8

वर्षा गेज परियोजना

जब आप अपने घर की खिड़की के माध्यम से भारी बारिश देखते हैं तो कितना बारिश गिर रही है? यह सिर्फ एक प्रकाश बौछार जब दूसरे दिन के बारे में कैसे?

अपना खुद का बारिश गेज बनाकर, परिणामों को रिकॉर्ड करके और अपने निष्कर्षों का अध्ययन करके पता लगाएँ।

आपको किस चीज की जरूरत है

1. एक प्लास्टिक (शीतल पेय) की बोतल
2. कुछ पत्थर या कंकड़
3. फीता
4. मार्कर
5. एक रूलर

निर्देश

1. बोतल से ऊपर काटें।
2. बोतल के नीचे कुछ पत्थरों को रखें। ऊपर उल्टा मुड़ें और बोतल में टेप करें।
3. बोतल पर पैमाने बनाने के लिए एक शासक और मार्कर कलम का उपयोग करें।

4. बोतल में पानी डालना, जब तक यह पैमाने पर नीचे पट्टी तक नहीं पहुँचता। बधाई हो, आपने अपना बारिश गेज पूरा कर लिया है।
5. बारिश हो रही बारिश के दौरान अपनी बारिश का पता लगाएँ जहाँ पानी इकट्ठा हो। बारिश की बौछार खत्म हो

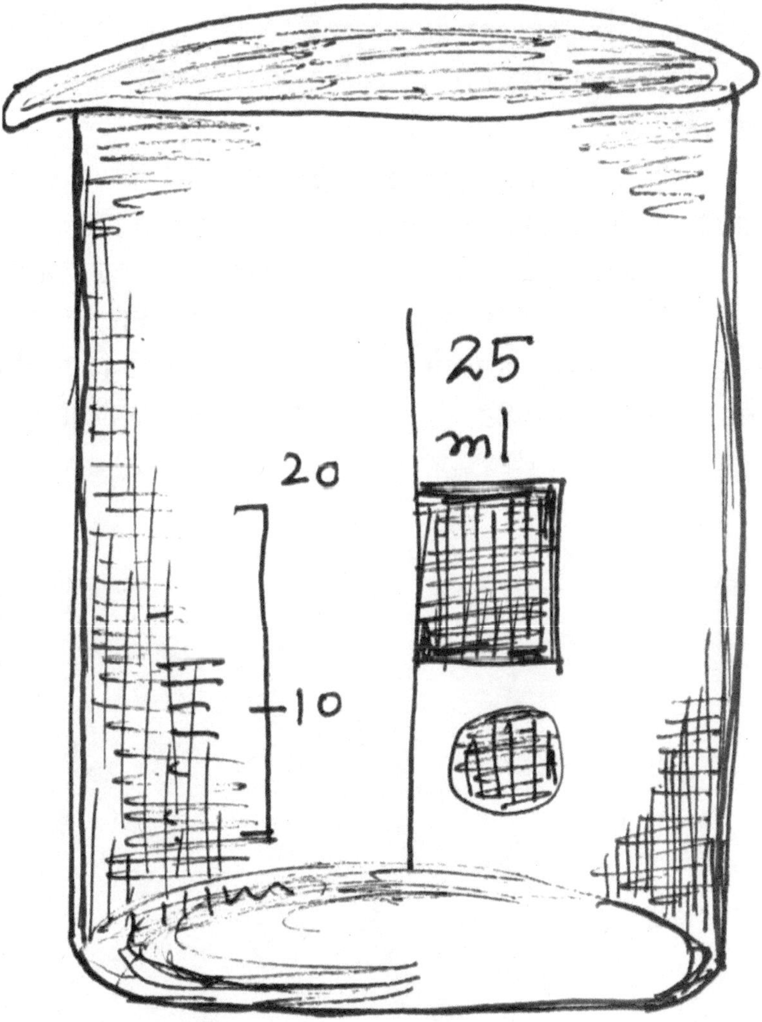

जाने के बाद, यह देखने के लिए जाँचें कि पानी कितना बढ़ गया है।

क्या हो रहा है

वर्षा गेज के शीर्ष में गिरती है और नीचे तल पर एकत्र करती है, जहाँ इसे आसानी से मापा जा सकता है। बारिश की अवधि की तुलना करने के लिए शावर की लम्बाई की तुलना करने की कोशिश करें, क्या यह एक छोटी और भारी बारिश बौछार या लम्बी और हल्की एक थी?

यदि आप गम्भीर होना चाहते हैं तो आप सप्ताह या उससे भी अधिक महीनों में बारिश कर सकते हैं, यह विशेष रूप से दिलचस्प है यदि आप जिस जगह पर अनुभव करते हैं, वह मौसम अलग-अलग होते हैं, जहाँ कभी-कभी बहुत शुष्क होता है और दूसरी बार यह बहुत गीला होता है। अपने परिणामों को हवा की गति, हवा की दिशा और एक पूर्ण मौसम की रिपोर्ट के लिए वायु दबाव के साथ संयोजित करें।

9

मॉडल हाथ परियोजना

आपके शरीर के अन्य महत्वपूर्ण हिस्सों के साथ कार्य करना, मांसपेशियाँ को एक महत्वपूर्ण कार्य करना काम की मांसपेशियों और रंधनों के साथ एक मॉडल हाथ बनाकर काम कैसे करें कि बारे में जानें।

आपको किस चीज की जरूरत है

1. कार्ड का एक टुकड़ा आपके हाथ का आकार
2. एक कलम या पेंसिल
3. कैंची
4. स्ट्रिंग

निर्देश

1. कार्ड के टुकड़े को लें और एक पेन या पेंसिल के साथ अपने हाथ की रूपरेखा का पता लगाएँ।
2. कैंची के साथ अपने हाथ का आकार कट।
3. अपने हाथ की लम्बाई के बारे में 5 टुकड़ों में तार कट।
4. प्रत्येक अँगुली और अँगूठे की टिप के लिए स्ट्रिंग का एक टुकड़ा टाई और इसे हथेली के आधार पर फैलाएँ। स्ट्रैपल करें जहाँ आपके पास अँगुलियों और अँगूठे में जोड़ हैं।

5. हथेली के आधार से तार खींचने की कोशिश करो, क्या होता है?

क्या हो रहा है

आपके शरीर में मांसपेशियों को छोटा या अनुबन्ध करना है, एक सरल लेकिन बहुत महत्वपूर्ण कार्य। हर आन्दोलन आपको पेशी प्रणाली से संचालित होता है, एक साधारण मुस्कान से भारी बॉक्स उठाने के लिए अपने प्रकोष्ठ के अन्दर की मांसपेशियों में कलाई में कार्पल टनल के रूप में जाना जाता है, अस्थि तन्तुओं के माध्यम से चलने वाले लम्बे रन्ध्र होते हैं। ये मांसपेशियों की मदद से आप अपनी उंगलियों को फ्लेक्स कर सकते हैं, आपकी हथेली की ओर युक्तियाँ झुका सकते हैं, क्योंकि आपकी उंगलियाँ इस अँगूठे को देते हैं। यह तब होता है जब आप अपने मॉडल के हाथों की तार खींचते हैं।

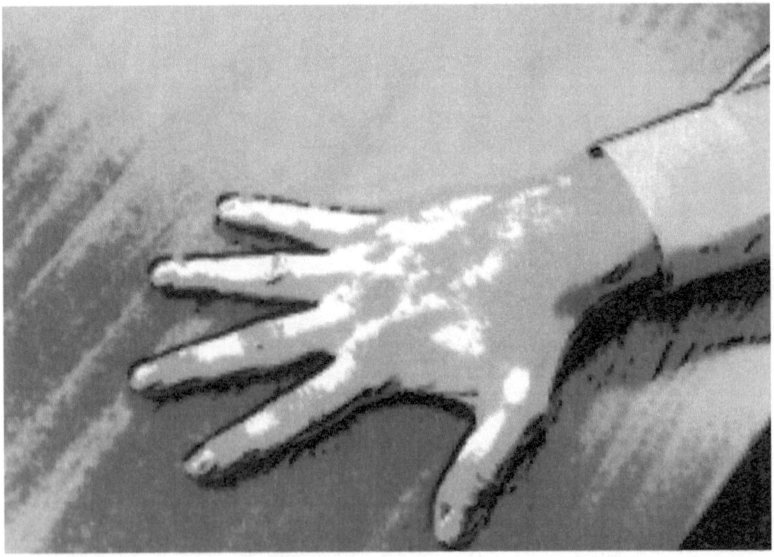

10

वैज्ञानिक विधि

सरल विज्ञान परियोजनाओं और प्रयोगों का मजा लेना बच्चों को मजेदार, इंटरैक्टिव तरीके से विज्ञान के बारे में जानने के लिए एक बढ़िया तरीका है। जब आप चीजों को एक कदम आगे ले जाना चाहते हैं और एक पूर्ण विज्ञान निष्पक्ष परियोजना में एक विचार विकसित करना चाहते हैं, तो ध्यान में रखने के लिए कई चीजें हैं जो आपकी परियोजना को यह सुनिश्चित करने में मदद करेंगे कि वैज्ञानिक प्रक्रिया नामक एक प्रक्रिया का अनुसरण किया गया है। वैज्ञानिक पद्धति में वैज्ञानिकों ने विश्वसनीय जाँच करने में सहायता की है जो अच्छी तरह से समर्थित सबूत प्रदान करते हैं। निम्नलिखित चरणों की जाँच करें जो आपको खुद के महान विज्ञान मेला परियोजनाओं को बनाने में मदद करेंगे।

वैज्ञानिक विधि के चरण

प्रश्न—आपका विज्ञान मेला परियोजना एक प्रश्न के साथ शुरू होता है यह आपके द्वारा किए गए किसी अवलोकन या एक विशेष विषय के आधार पर हो सकता है, जो आपको रुचि करता है सोचें कि आप अपनी जाँच के दौरान क्या खोज लेंगे, आप किस सवाल का जवाब देना चाहेंगे? आपके प्रश्न को आप जिस चीज को माप सकते हैं, उसके बारे में होना चाहिए और आमतौर पर शब्दों से शुरू होगा

जैसे कि, कब, कब, कैसे या क्यों

पृष्ठभूमि शोध–अपने प्रश्न के बारे में पृष्ठभूमि अनुसन्धान करने के लिए अपने विज्ञान शिक्षक से बात करें और पुस्तकों और इंटरनेट जैसे संसाधनों का उपयोग करें जानकारी एकत्र करना अब आपको वैज्ञानिक पद्धति के अगले चरण के लिए तैयार करने में मदद करेगा।

परिकल्पना–अपने पृष्ठभूमि अनुसन्धान और वर्तमान ज्ञान का उपयोग करना, एक शिक्षित अनुमान बनाते हैं जो आपके प्रश्न का उत्तर देता है। आपकी परिकल्पना एक सरल बयान होना चाहिए जो व्यक्त करता है कि आप क्या सोचेंगे।

प्रयोग–चरण प्रक्रिया द्वारा एक कदम बनाएँ और एक प्रयोग करें जो आपकी परिकल्पना को परीक्षण करता है प्रयोग एक निष्पक्ष परीक्षण होना चाहिए जो एक ही समय में केवल एक चर को बदलता है, जबकि बाकी सब कुद एक ही रखते हुए। यह सुनिश्चित करने के लिए प्रयोग को कई बार दोहराएँ क्योंकि आपके मूल परिणाम दुर्घटना नहीं थे।

डेटा–डेटा एकत्र करें और अपने प्रयोग की प्रगति रिकॉर्ड करें। नोट्स, पत्रिका प्रविष्टियों, फोटो, चार्ट और ग्राफ के रूप में विस्तृत माप, विवरण और टिप्पणियों के साथ अपने परिणामों को दस्तावेज करें।

टिप्पणियाँ–अपने प्रयोग के दौरान आपके द्वारा किए गए टिप्पणियों का वर्णन करें ऐसी जानकारी शामिल करें जो त्रुटियों, पर्यावरणीय कारकों और अप्रत्याशित आश्चर्यों जैसे आपके परिणामों को प्रभावित कर सके।

निष्कर्ष

1. आपके द्वारा एकत्र किए गए डेटा का विश्लेषण करें और लिखे रूप में अपने परिणामों का सारांश करें। अपने मूल

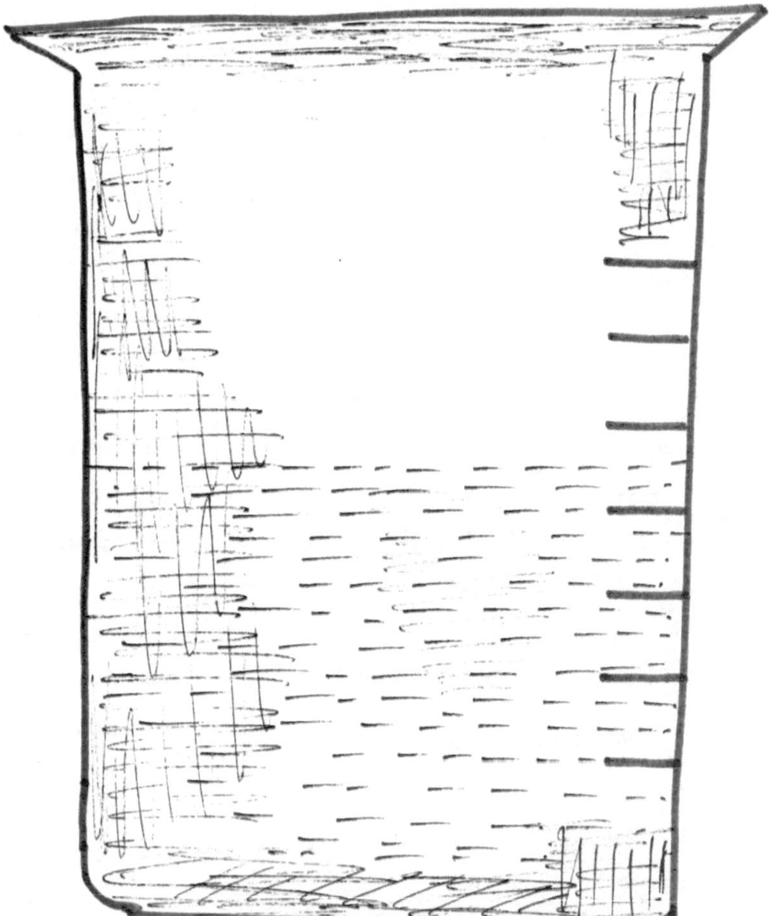

प्रश्न का उत्तर देने के लिए अपने विश्लेषण का प्रयोग करें, अपने प्रयोग के समर्थन के परिणाम करें या अपनी परिकल्पना का विरोध करें?

2. अपने निष्कर्ष को एक उपयुक्त रूप में प्रस्तुत करें, चाहे वह वैज्ञानिक पत्रिका, स्कूल के लिए पोस्टर या विज्ञान निष्पक्ष प्रतियोगिता के लिए एक प्रदर्शन बोर्ड के लिए अन्तिम रिपोर्ट है।

11

खुद की नकली नाक बनाओ

घृणित के रूप में यह कुछ लोगों के लिए लग सकता है, चलो कुछ नकली snot बनाते हैं। वास्तव में स्नोट हमारे शरीर में एक महत्वपूर्ण उद्देश्य की सेवा करता है, इसलिए यह प्रयोग हमारे दोस्तों को कमाई करने के बारे में नहीं है, हालांकि यह निश्चित रूप से मजेदार का हिस्सा है।

आपको किस चीज की जरूरत है

1. उबलता पानी
2. एक कप
3. जेलाटीन
4. अनाज का शीरा
5. चाय का चम्मच
6. एक कांटा

निर्देश

1. उबलते पानी के साथ आधा कप भरें।
2. उबलते पानी में जिलेटिन के तीन चम्मच जोड़ें।
3. एक कांटा के साथ सरगर्मी होने से पहले इसे नरम करना।
4. कॉर्न सिरप के एक कप के एक चौथाई जोड़ें।

5. फिर से अपने कांटा के साथ मिश्रण मिश्रण और गठन किया है कि gunk की लम्बी किस्में देखें।
6. जैसा कि मिश्रण धीरे-धीरे अधिक पानी जोड़ता है, एक समय में छोटी मात्रा में।

क्या हो रहा है

बवासीर ज्यादातर शर्करा और प्रोटीन के बने होते हैं यद्यपि वास्तविक चीजों में पाए गए लोगों की तुलना में अलग है, ये वही है जो आपने अपने फर्जी लंघन बनाने के लिए किया था। लम्बे समय से, ठीक तार आप अपने नकली snot अन्दर देख सकते हैं, जब आप इसे चारों ओर ले जाया प्रोटीन किस्में हैं ये प्रोटीन स्टैंड स्नेट चिपचिपा बनाते हैं और खींचने में सक्षम हैं।

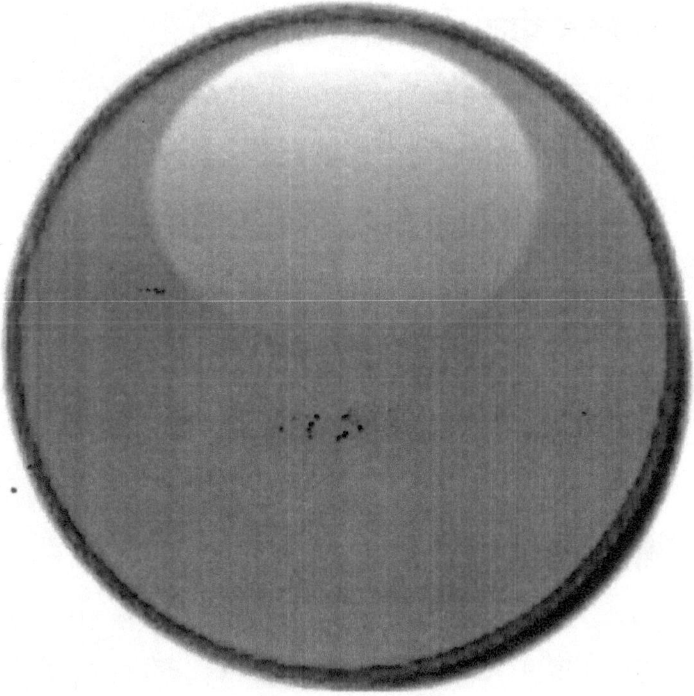

12

ऑरेंज फ्लोट या सिंक क्या है

पानी में रखा जब एक नारंगी फ्लोट या सिंक करता है? एक काफी सीधे आगे प्रश्न की तरह लगता है, लेकिन क्या यह है? बच्चों के लिए इस मजेदार घनत्व विज्ञान प्रयोग को दोहराएँ और नारंगी की एक विशिष्ट विशेषता सीखते समय प्रश्न का उत्तर दें।

आपको किस चीज की जरूरत है

1. एक नारंगी
2. एक कटोरा या कंटेनर
3. पानी

निर्देश

1. पानी के साथ कटोरा भरें।
2. पानी में नारंगी रखो और देखो क्या होता है।
3. नारंगी से छिलका हटाओ और फिर प्रयोग करने का प्रयास करें, इस बार क्या होता है।

क्या हो रहा है

पहली बार जब आप पानी के कटोरे में नारंगी डालते हैं तो सम्भवतया सतह पर तैरता है, लेकिन जब आप छिलका हटाते हैं, तो

यह शायद नीचे की तरफ खिसक जाती है, क्यों?

एक नारंगी का छाला छोटे हवा की जेब से भरा होता है जो इसे पानी की तुलना में कम घनत्व देने में मदद करता है, जिससे यह सतह पर तैरता है। नारंगी से राइंड (और सभी वायु जेक) को हटाने से पानी की घनत्व अधिक बढ़ जाती है, जिससे यह सिंक हो जाता है।

घनत्व एक वस्तु का द्रव्यमान है, जो उसके मात्रा के सापेक्ष है। एक निश्चित मात्रा में बहुत सारे पदार्थों के साथ वस्तुएँ उच्च घनत्व होती हैं, जबकि वही मात्रा में छोटी मात्रा वाली वस्तुएँ कम घनत्व होती हैं।

13

संयंत्र के बीज देखो और उन्हें बढ़ाओ

बच्चों के लिए इस मजेदार विज्ञान प्रयोग के साथ बीज अंकुरण के बारे में जानें। कुछ बीज पौधे और पानी की वृद्धि का पालन करें, जैसे कि वे मिट्टी से उगते हैं, जबकि उन्हें सही प्रकाश, गर्मी और पानी की सही मात्रा के साथ उचित देखभाल करना सुनिश्चित करते हैं। बच्चों के लिए इस शान्त विज्ञान परियोजना के साथ मर्जदार बढ़ते पौधे हैं।

आपको किस चीज की जरूरत है

1. लाइट और गर्मी
2. पानी
3. मिट्टी और अपने बीज को पकड़ने के लिए एक कंटेनर
4. अपनी पसन्द के नए बीज जैसे कद्दू बीज, सूरजमुखी के बीज, लिमा बींस या पिंटो सेम।
5. अच्छी गुणवत्ता वाले मिट्टी (ढीले, वातित, बहुत सारे पीट का काई), यदि आपके पास कोई नहीं है तो आप अपने स्थानीय उद्यान की दुकान में कुछ पॉटिंग मिट्टी खरीद सकते हैं।

निर्देश

1. मिट्टी के साथ कंटेनर भरें।

2. मिट्टी के अन्दर बीज लगाओ।
3. कहीं कंटेनर को गर्म रखें, सूर्य की रोशनी अच्छी है परन्तु अधिक प्रत्यक्ष सूर्य की रोशनी से बचने का प्रयास करें, एक खिड़की दाग अच्छी जगह है।
4. मिट्टी को हर रोज इसे पानी भर कर रखो (ज्यादा पानी का उपयोग नहीं करने के लिए सावधान रहना)।
5. बीज अंकुरण के रूप में अपनी टिप्पणियों को रिकॉर्ड करें और बीज से बीज अंकुरित होने लगते हैं।

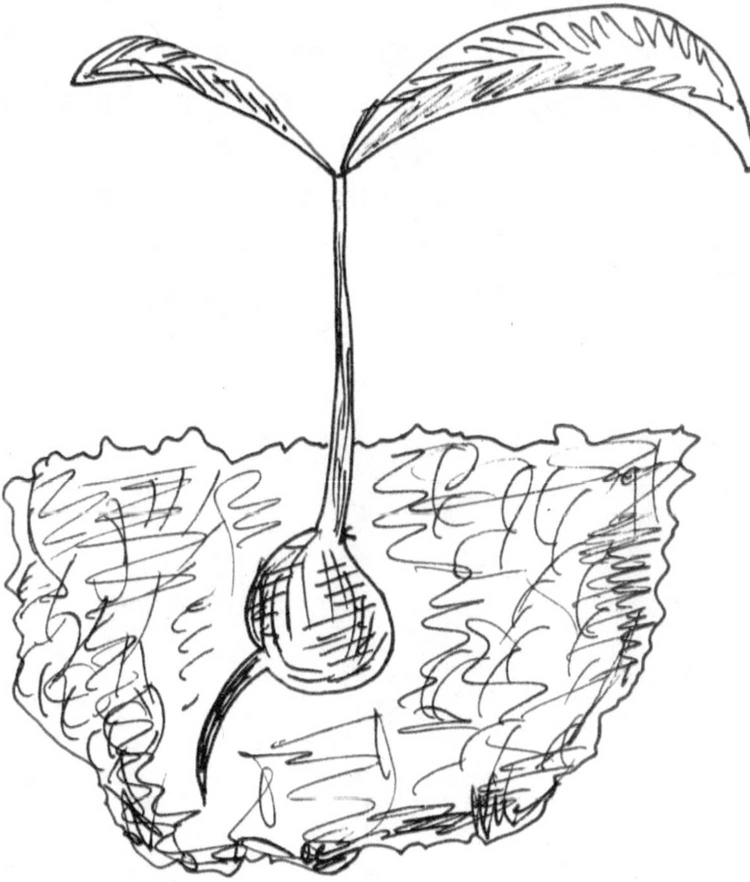

क्या हो रहा है

उम्मीद है कि उनकी देखभाल करने के एक हफ्ते के बाद, आपकी रोपाई उनके रास्ते पर होगी। अंकुरण एक बीज से उभरते हुए पौधे की प्रक्रिया और बढ़ने की शुरुआत है। बीज के ठीक से बढ़ने के लिए पौधों को सही परिस्थितियों की आवश्यकता होती है। बीज और ऑक्सीजन को बीज अंकुरण के लिए आवश्यक है। कई बीज सामान्य तापमान के तापमान से ऊपर तापमान पर अंकुरण करते हैं, लेकिन अन्य तापमान गर्म तापमान, कूलर मापमान या तापमान में परिवर्तन के लिए बेहतर प्रतिक्रिया देते हैं। जबकि प्रकाश अंकुरण के लिए एक महत्वपूर्ण ट्रिगर हो सकता है, कुछ बीजों को वास्तव में अँधेरे की आवश्यकता होती है, यदि आप बीज खरीदते हैं तो निर्देशों में उस विशिष्ट प्रकार के बीज की आवश्यकताओं का उल्लेख करना चाहिए।

अपने पौधों की देखभाल जारी रखें और उनके विकास की निगरानी करें। अधिक प्रयोगों के लिए आप विभिन्न प्रकार के बीज की वृद्धि दर या उनके विकास पर विभिन्न स्थितियों के प्रभाव की तुलना कर सकते हैं।

14

गन्ध के बिना स्वाद का परीक्षण

हम सभी जानते हैं कि कुछ खाद्य पदार्थ दूसरों की तुलना में बेहतर स्वाद लेते हैं, लेकिन हमें अन सभी अद्वितीय स्वादों का अनुभव करने की क्षमता क्या है? यह सरल प्रयोग दर्शाता है कि आप पहले सोचा था कि आपके स्वाद के लिए बहुत अधिक है।

आपको किस चीज की जरूरत है

1. खुली आलू का एक छोटा टुकड़ा
2. खुले सेब का एक छोटा टुकड़ा

निर्देश

1. अपनी आँखों को बन्द करो और आलू के टुकड़े और सेब का टुकड़ा मिलाएँ ताकि आपको नहीं पता कि यह कौन-सा है।
2. अपनी नाक पकड़ो और प्रत्येक टुकड़े खाएँ, क्या आप अन्तर बता सकते हैं?

क्या हो रहा है

आलू और सेब के चखने के दौरान अपनी नाक को पकड़ना, दोनों के बीच अन्तर को बताना मुश्किल बनाता है। आपकी नाक और मुँह एक ही वायुमार्ग के माध्यम से जुड़े हुए हैं जिसका मतलब है कि

आप एक ही समय में भोजन का स्वाद और गन्ध करते हैं। आपकी स्वाद की भावना खारा, मिठाई, कड़वा और खट्टा को पहचान सकती है, लेकिन जब आप इसे अपने गन्ध की गन्ध के साथ जोड़ते हैं तो आप कई अन्य व्यक्तिगत स्वादों को पहचान सकते हैं। अपनी गन्ध (और दृष्टि) को दूर करें और आप अपने दिगाग को कुछ खाद्य पदार्थों के बीच के अन्तर को बताने की क्षमता को सीमित करते हैं।

15

कोशिका क्रिया

पानी निश्चित रूप से रहस्यमय तरीकों में जा सकता है, पानी को एक कप से ऊपर उठाकर एक दूसरे के खाली कप में तौलिये और एक दिलचस्प वैज्ञानिक प्रक्रिया की सहायता से पानी वापस ले लें।

आपको किस चीज की जरूरत है

1. एक गिलास पानी
2. एक खाली गिलास
3. कुछ पेपर तौलिए

निर्देश

1. कागज के तौलिया के कुछ टुकड़े को एक साथ टव्वल करें जब तक कि इसमें कुछ ऐसा न हो जो रस्सी के एक टुकड़े की तरह थोड़ा-सा दिखता हो, यह 'बाती' होगा जो कि पानी को अवशोषित करेगा और स्थानान्तरित करेगी (मोमबत्ती पर बाती की तरह थोड़ा-सा स्थानान्तरण लौ को मोम)
2. कागज के तौलिये का एक छोर पानी से भरे गिलास में और दूसरे को खाली काँच में रखें।
3. देखो क्या होता है (इस प्रयोग से थोड़ा धीरज होता है)।

क्या हो रहा है

आपके कागज के तौलिया रस्सी (या बाक) कुछ मिनट के बाद गीला होने लगती है, आप देखेंगे कि खाली ग्लास पानी से भरना शुरू हो रहा है, यह तब तक भरता रहता है जब तक कि प्रत्येक ग्लास में पानी की कोई भी मात्रा न हो, यह कैसे होता है?

इस प्रक्रिया को 'केशिका क्रिया' कहा जाता है, पानी कागज तौलिए के फाइबर में छोटे अन्तराल के साथ जाने के लिए इस प्रक्रिया का उपयोग करता है। यह पानी और कागज तौलिया के बीच चिपकने वाली शक्ति के कारण होती है, जो पानी के भीतर एकजुट बलों से मजबूत होती है। यह प्रक्रिया पौधों में भी देखी जा सकती है जहाँ नमी जड़ों से शेष पौधों तक यात्रा करती है।

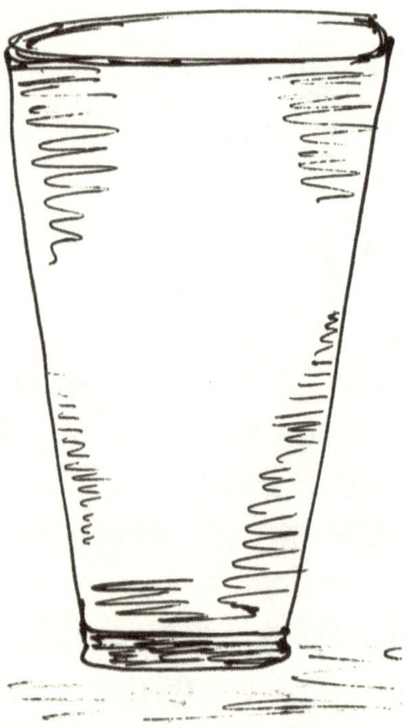

16

कुछ चुनिन्दा वैज्ञानिक विवरण

एल्सा के फ्रोजन पॉवर्स

यह इस सूची में सबसे शाश्वत परियोजना है, शाब्दिक रूप से और मूल रूप से दोनों! चाहे या नहीं, आपका बच्चा फिल्म फ्रोजन से प्यार करता है, वे निश्चित रूप से इस परियोजना को प्यार करेंगे, जो गर्म गर्मी के दिनों में ठण्डा करने के लिए एकदम सही है! यह वास्तव में जादू की तरह।

डार्क बाउंस बॉल्स में चमक

जब यह तकनीकी रूप से एक विज्ञान प्रोजेक्ट नहीं हो सकता है, यह आपक बच्चों के साथ मापने और मिश्रण करने का अभ्यास करने का एक शानदार अवसर है। इसके अलावा, आप उछालभरी गेंदों से कैसे प्यार नहीं कर सकते हैं जो अँधेरे में चमकते हैं? मेरा मतलब है उन्हें देखो!

सूखी आइस बबल्स

एक और विज्ञान परियोजना जो आपको इन गर्मियों के महीनों के दौरान शान्त रखने में मदद करने का वादा करता है! मैंने पहले

कभी नहीं देखा है, लेकिन यह बहुत साफ दिखता है! कोशिश करने के लिए यह परियोजना मेरी सूची के शीर्ष पर है।

सूखी बर्फ का प्रयोग

प्लास्टिक के कंटेनर के साथ एक छेद काट (बल्कि बिना किसी तरह) शीर्ष के पास, प्लास्टिक ट्यूबिंग डाली गई (आप इसे नलसाजी अनुभाग में होम डिपो में खरीद सकते हैं, मेरा मानना है, लेकिन हम इसे चारों ओर बिछाने थे, क्योंकि मैं एक बेवकूफ हूँ संवेदी खेलते हैं) और बिना चिपचिपा टीएसी (के साथ मुहरबन्द) का छिछोड़ा छेद, क्योंकि हम यही आस-पास बिछाते थे, लेकिन मॉडलिंग की मिट्टी कमाल होगी)। मैं आपको ऊपर दिए गए स्टीव की साइट से सभी

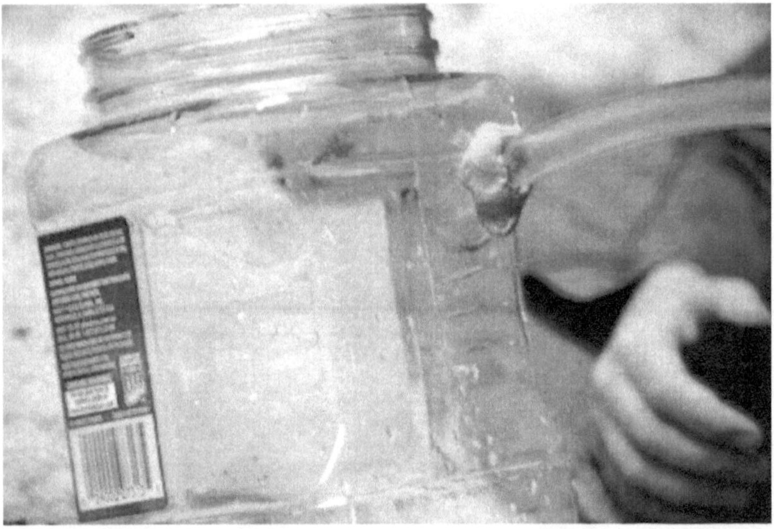

विवरण प्राप्त करूँगा, लेकिन यहाँ हमारी स्थापना की गई सूखी बर्फ के बारे में दो बहुत महत्वपूर्ण सुरक्षा नोट्स, जो आप देखेंगे उनके 'क्या मैं सीख' के लिए अपने बेटे के पसन्दीदा बिन्दुओं में से कुछ लिखते हैं। सबसे पहले, सूखी बर्फ आपकी त्वचा को जला देगा अगर आप इसे स्पर्श करेंगे। चिमटे का उपयोग करें (जो मेरे पुत्र के रूप में एक भयानक 'चिल्लाने वाला' ध्वनि बनाते हैं) या चमड़े के दस्ताने (तस्वीर में बुनना दस्ताने सूखी बर्फ से निपटने के लिए नहीं हैं, लेकिन बुलबुले को उछालने के लिए नहीं।) दूसरा, सूखी बर्फ की उच्च बनाने के क्रिया (धूमिल रिलीज) दबाव बनाता है। यह वही है जो बुलबुले का काम करता है, लेकिन यह भी है कि आपका कंटेनर विस्फोट क्यों करेगा क्योंकि यह कभी भी पूरी तरह से बन्द हो जाएगा। मेरे बेटे को इस पर जोर देने की कोशिश में, मैंने बताया है कि लोग वास्तव में सूखी बर्फ बम बना सकते हैं। यह गतिविधि से उनके पसन्दीदा तथ्यों में से एक बन गया।

लड़कों को बुलबुले से प्यार था और क्या सतहों के साथ प्रयोग करने से बुलबुले को पॉपिंग से रखा जाएगा। यद्यपि मजेदार, धमाकेदार

Don't ever
seal the top!
Funnel
One Cool Scientist
Bubble
Solution
Insert tube into
hole in container
and seal with tac.

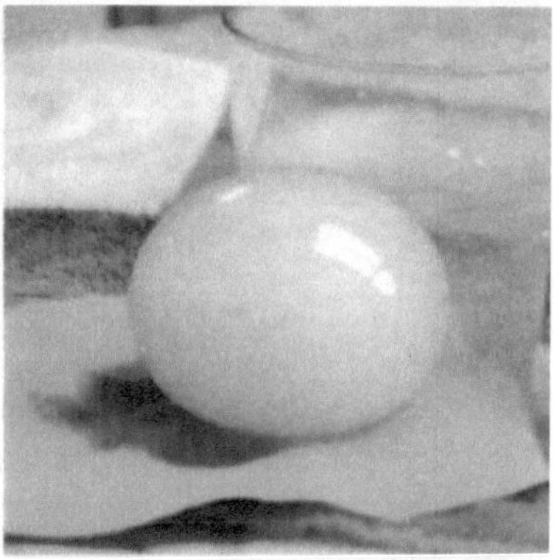

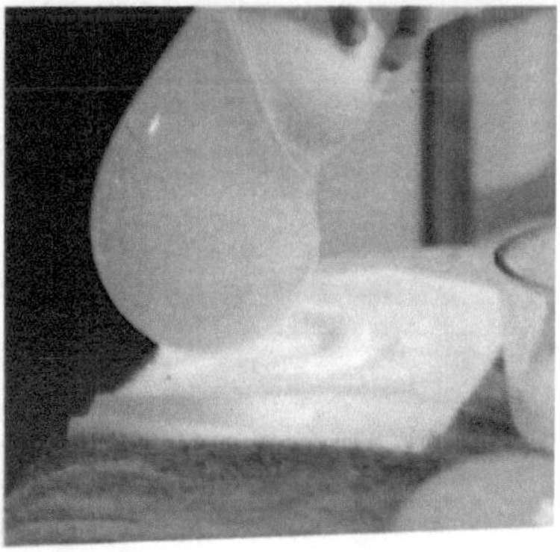

विस्फोट का पीछा करते हुए बुलबुले फटाके में फँस गए थे, जब वे किसी भी निराशा के शिकार हुए थे।

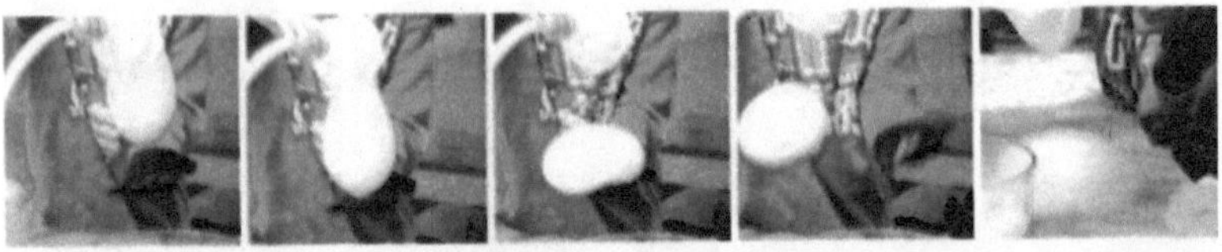

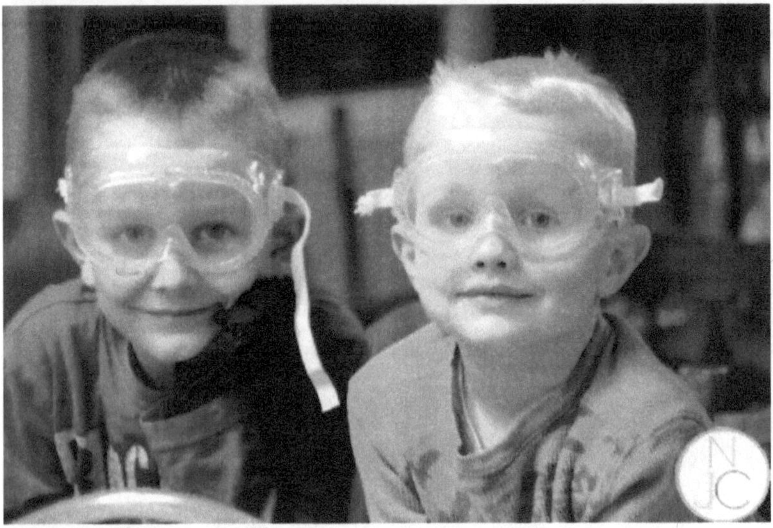

- अधिक बर्फ अधिक कोहरे बनाता है।
- सूखी बर्फ बुलबुले नरम कपड़े के उछाल जैसे महसूस किए गए और खिंचावदार दस्ताने वाले दस्ताने।
- जब सूखी बर्फ बुलबुले पॉप कोहरा फट जाएगा।
- छोटे उद्घाटन बुलबुले तेजी से बाहर आ गए क्योंकि अधिक दबाव था।
- सूखी बर्फ हर समय धीरे-धीरे ऊँचा करता है, यही कारण है कि आप इसे अपने फ्रीजर में लम्बे समय तक नहीं रख सकते।
- सूखी बर्फ अपनी उंगलियों को जला सकते हैं ताकि आप

इसे ले जाने के लिए चमड़े के दस्ताने या चिमटे का उपयोग करें।

- जब आप सूखा बर्फ लेने के लिए धातु के चम्मच का उपयोग करते हैं तो यह चिल्ला ध्वनि बनाती है।
- सूखी बर्फ फ्रोजन कार्बन डाई ऑक्साइड से बनाई गई है।
- सूखी बर्फ बुलबुले के साथ बजाना मजा है!
- ये वैज्ञानिक इस बात से सहमत हैं, वास्तव में अनुसन्धान का सबसे उच्चतम रूप है।

17

परीक्षण करना

अपने प्रमुख पक्ष का परीक्षण करें

इस शान्त प्रयोग को देखें जो आपको इसके बारे में अधिक सिखाना होगा कि आपके शरीर और मस्तिष्क एक साथ कैसे काम करते हैं। चुनौतियों की एक श्रृंखला को पूरा करके अपने प्रमुख पक्ष का परीक्षण करें आप किस हाथ से लिखते हैं? आप किस पैर से किक करते हैं? क्या आपके पास एक प्रभावशाली आँख है? क्या आप अपने शरीर के एक तरफ फेंक देते हैं लेकिन दूसरे के साथ किक करते हैं? क्या आप दुविधा में पड़े हुए हैं? बच्चों के लिए इस मजेदार विज्ञान प्रयोग के साथ इन सवालों का जवाब और बहुत कुछ।

आपको किस चीज की जरूरत है?

1. एक कलम या पेंसिल
2. अपने निष्कर्षों को लिखने के लिए पेपर या नोट पैड
3. एक खाली ट्यूब
4. पानी से भरा एक प्याला
5. एक छोटी-सी गेंद (या कुछ नरम आप फेंक सकते हैं)

निर्देश

1. आपने किस तरफ इस्तेमाल किया, इसके आधार पर प्रत्येक

कार्य के बगल में 'बाएँ' या 'दाएँ' लिखें।

2. जब आप सभी चुनौतियों को पूरा करते हैं, तो आपके परिणामों की समीक्षा करें और अपने स्वयं के निष्कर्षों को बनाने के बारे में जो आपकी प्रमुख आँख, हाथ और पैर हैं।

नेत्र परीक्षण

1. आप किस आँख को पलक के लिए उपयोग करते हैं?
2. आप खाली ट्यूब के माध्यम से देखने के लिए किस आँख का उपयोग करते हैं?
3. अपने शरीर के सामने अपनी बाहों को बढ़ाएँ। अपनी अगली उंगलियों और अँगूठे का उपयोग करके त्रिकोण आकार बनाएँ अपने हाथों को एक साथ लाओ, त्रिकोण छोटे बनाकर (सिक्का के आकार के बारे में अच्छा है)। कमरे में एक छोटी वस्तु ढूँढ़ें और अपने हाथों में छेद (दोनों आँखों का उपयोग करके) पर उस पर फोकस करें। अगर आपकी बाईं आँखों को 'बाएँ' पर बन्द किया गया था, तो अगर आपके दाहिने आँख को बन्द कर दिया गया था, तो 'आपकी' बाईं ओर अपनी बाईं आँखों के चिह्न को बन्द कर दिया गया था, तो बस आपकी बाईं आँख को बन्द करने का प्रयास करें और फिर सिर्फ तुम्हारा सही होगा।

हाथ या शाखा परीक्षण

1. लिखने के लिए आप किस हाथ का उपयोग करते हैं?
2. पानी का प्याला उठाओ, जिस हाथ का आपने उपयोग किया?
3. गेंद फेंको, जो हाथ आप प्रयोग किया था?

पैर परीक्षण

1. आगे बढ़ो और पैर से कूद, जो आपसे कूद गए थे?
2. गेंद को जमीन पर छोड़ दो और उसे किक करें, आप किस पैर का इस्तेमाल करते थे?

क्या हो रहा है?

तो क्या पक्ष आपका पक्ष है? आप उल्टे हाथ से लिखते हैं या सीधे हाथ से? बाएँ पैर या दाएँ पैर? क्या आपकी सही नजर प्रमुख है या क्या यह आपकी बाईं है?

विश्व की 90% आबादी सही हाथ है क्यों अधिकांश लोग सही पक्ष का पक्ष रखते हैं, वैज्ञानिकों ने पूरी तरह से समझा नहीं है। कुछ लोग सोचते हैं कि यह कारण आपके मस्तिष्क के किस पक्ष से सम्बन्धित है, जो आप भाषा के लिए उपयोग करते हैं आपके शरीर की दाईं ओर आपके मस्तिष्क की बाईं ओर नियन्त्रित होती है, और लगभग 90% लोगों में मस्तिष्क की बाईं ओर भी भाषा को नियन्त्रित करता है। दूसरे लोग सोचते हैं कि संस्कृति के साथ क्या कारण हो सकता है शब्द 'सही-सही' होने और सही काम कर रहा है, जबकि 'बाएँ' शब्द का मूल अर्थ 'कमजोर' था। दाहिने हाथ के पक्ष में एक सामजिक विकास हो सकता है क्योंकि अधिक बच्चों को सही हाथों से महत्वपूर्ण कौशलों का सिखाया जाता है और विभन्न उपकरणों को दाहिने हाथ से इस्तेमाल करने के लिए डिजाइन किया गया था।

लगभग 80% लोग सही पैर रखते हैं और 70% अपनी दाईं आँखों का समर्थन करते हैं। ये प्रतिशत उन लोगों के मुकाबले कम हैं जो सही हाथ से हैं और यह इसलिए हो सकता है क्योंकि आपके इष्ट पक्ष की तुलना में अपने पसन्दीदा पैर और आँख को चुनने में आपके शरीर की पसन्द की अधिक स्वतन्त्रता है। दूसरे शब्दों में आप अपने दाहिने पैर की तुलना में अपने दाहिने हाथ का उपयोग करने के लिए

प्रशिक्षित होने की अधिक सम्भावना है और यहाँ तक कि आपकी सही आँख से भी ज्यादा।

विपरीत हाथ और पैर (जैसे बाएँ हाथ और दाहिने पैर) के पक्ष में लोगों को ढूँढ़ना अजीब नहीं है, और कुछ लोग काफी भाग्यशाली हैं, जिसका अर्थ है कि वे समान कौशल के साथ अपने बाएँ और दाएँ पक्ष का उपयोग कर सकते हैं।

दूसरों का परीक्षण करने और मानव शरीर के पक्ष में और किन पक्षियों के पक्ष में होने के बारे में निष्कर्ष पर आपके पास आने का प्रयास करें।

अतिरिक्त : यदि आपके माता-पिता में से एक को छोड़ दिया गया है तो क्या आपको अधिक हाथ छोड़ने की सम्भावना है? बाएँ हाथ के लोगों के लिए सम्भव नुकसान के कुछ क्या हैं? (उपकरण, लेखन सामग्री आदि) क्या बाएँ हाथ के लोगों के पास खेल में एक फायदा है?

दिलचस्प तथ्य : 2009 में, एनबीए में केवल 7% खिलाड़ियों को हाथ छोड़ दिया गया था, जबकि 2008 में लगभग 26% एमएलबी पिचर हाथों से बचा गए थे।

क्या अन्य खेलों की तुलना में कुछ खेलों में हाथ छोड़ना बेहतर है? तुम क्या सोचते हो?

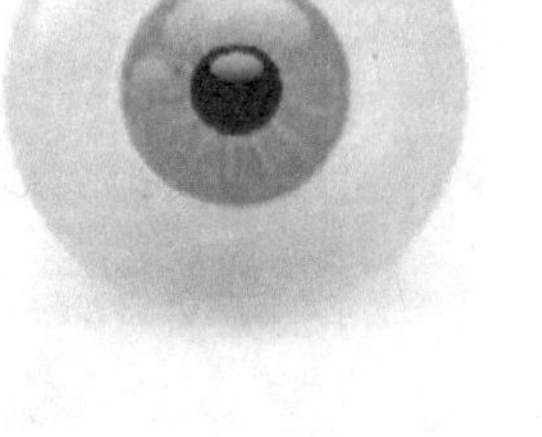

18

हाथी टूथपेस्ट

हर कोई एक ऐसे प्रयोग को प्यार करता है जिसमें कुछ प्रकार की विस्फोटक प्रतिक्रिया होती है। हालाँकि यह प्रोजेक्ट विस्फोट नहीं करता है। यह वास्तव में गड़बड़ हो सकता है। इस शानदार तरीके से

आपके बच्चों को प्यार करने के लिए निश्चित रूप से झुलसता है।

यह रोमांच विज्ञान प्रयोग एक प्रतिक्रिया के रूप में, या वास्तविक प्रयोग के रूप में, प्रतिक्रियाओं पर चर्चा में महान काम करता है। एक प्रयोग के रूप में इसका उपयोग करने के लिए, अपने बच्चे के साथ एक बार इसे क्रियान्वित करें, फिर अपने बच्चे से पूछें कि क्या हो सकता है कि अगर आप राशि बदल जाए या किसी घटक को छोड़ दिया जाए उसे प्रयोग करने दें! इसके अलावा, फोम बनाया स्पर्श करने के लिए सुरक्षित है। यह सिर्फ पानी, ऑक्सीजन गैस और साबुन है, इसलिए यदि आपके बच्चे को कोई साबुन एलर्जी नहीं है, तो वह फोम की बनावट का अनुभव कर सकता है और प्रयोग कर सकता है।

हाथी टूथपेस्ट कैसे बनाएँ

1. टूथपेस्ट को पकड़ने के लिए पैन के बीच में सोडा पॉप की बोतल सेट करें।
2. इन्हें एक अलग कंटेनर में मिलाएँ और एक मिनट के लिए एक साथ झुंड करें। खमीर प्रतिक्रिया उत्प्रेरित (या गति) होगा वू हू!

सामग्री

2 टेबलस्पून गर्म पानी

1 चम्मच खमीर

- 1/2 कप 6% हाइड्रोजन पेरोक्साइड कम से कम 6% का उपयोग करना महत्वपूर्ण है आप 8% या अधिक (अमेजॅन पर उपलब्ध) का उपयोग कर सकते हैं, या आप सैलून केयर प्रोफेशनल स्टैबिलाइज्ड फॉर्मूला का उपयोग कर सकते हैं। सैली सौन्दर्य आपूर्ति से 20 वॉल्यूम साफ डेवलपर भी ठीक काम करता है किराने की दुकान से 3% भी अच्छी तरह से

काम नहीं करेगा।)

- 4-5 बूँदें भोजन का रंग
- पकवान साबुन की धार

सोडा पॉप बोतल में खमीर मिश्रण डालो।

19

कच्चे या उबले अंडे

एक आसान विज्ञान प्रयोग के साथ अपने मित्रों और परिवार को आश्चर्यचकित करें जो एक अन्य कठिन प्रश्न का उत्तर देता है। दो अंडे एक जैसा दिखते हैं और महसूस करते हैं लेकिन एक बड़ा अन्तर है, एक कच्चा है और दूसरा उबला हुआ, यह पता लगाएँ कि यह मजेदार प्रयोग किसके साथ है।

आपको किस चीज की जरूरत है?

1. दो अंडे, एक हार्ड उबला हुआ और एक कच्चा।
2. सुनिश्चित करें कि हार्ड उबला हुआ अण्डा कच्चा।
3. अंडे के समान तापमान के बराबर फ्रिज में है।

निर्देश

1. अंडे को स्पिन करें और देखें कि क्या होता है, एक अण्डा स्पिन चाहिए, जबकि अन्य wobbles।
2. आप कताई करते समय प्रत्येक अंडे को हल्के ढंग से स्पर्श कर सकते हैं, एक को तुरन्त बन्द कर देना चाहिए, जबकि अन्य इसे छूने के बाद आगे बढ़ते रहेंगे।

क्या हो रहा है?

गुरुत्वाकर्षण के कच्चे अंडे का केन्द्र शैल के अन्दर सफेद और

जर्दी के स्थान के रूप में बदल जाता है, जिससे वोबलिंग गति हो जाती है। शेल को छूने के बाद भी यह चलती रहती है यह जड़ता के कारण है, एक ही प्रकार का बल आपको लगता है कि जब आप दिशा बदलते हैं या कार में अचानक बन्द होते हैं तो आपका शरीर एक तरफ जाना चाहता है, जबकि कार कुछ अलग करना चाहती है। जड़ता का कारण बनने के बाद कच्चे अण्डा को स्पिन करने के बाद भी, यह कठिन उबला हुआ अंडा के ठोस सफेद और जर्दी के साथ विरोधाभास होता है, यह बहुत तेज प्रतिक्रिया देता है अगर आप इसे स्पर्श करते हैं।

अपने परिवार में किसी मित्र या किसी व्यक्ति का परीक्षण करने के लिए यह एक अच्छा प्रयोग है, देखें कि क्या उन्हें यह पता लगाना हो सकता है कि अंडे के बीच के अन्तर को कैसे बताना चाहिए (बिना उन्हें मुँह फेर दिया) उन्हें अपनी निफ्टी चाल दिखाने से पहले।

20

मुट्ठी की एक मुट्ठी बनाओ

इस प्रयोग में, आप अपने बच्चे के हाथों को एक ऐसे मिश्रण पर ले लेंगे जो एक ठोस और क्या तरल पदार्थ के नियमों को तोड़ता है। कभी-कभी 'ओबलेक' नामक डॉ. सीस बकवास शब्द के बाद, इस अद्वितीय कीचड़ में कुछ आश्चर्यजनक व्यवहार हैं जो युवा प्रयोगकर्ताओं को अधिक रसायन विज्ञान की तरफ छोड़ देंगे।

जिसकी आपको जरूरत है

1. बादल
2. मापने के कप
3. पानी
4. कॉर्नस्टार्च
5. खाद्य रंग (वैकल्पिक)
6. रिसॉल बल प्लास्टिक बैग

आप क्या करते हैं

1. कटोरे में पानी का पानी डालो। यदि आप खाना रंग जोड़ना चाहते हैं, तो पानी में पाँच बूँदें ड्रिप करें।
2. मक्का स्टार्च के 3/4 कप का उपाय करें और इसे मापने के कप खाली होने तक, एक समय में थोड़ा-सा पानी में छिड़काव

शुरू करें।

3. कन्क्कोशन तीन या चार मिनट के लिए खड़े हो जाओ।
4. अब एक हाथ (या दोनों!) तक पहुँचे और एक कठिन बॉल में कीचड़ को दबाएँ। अपना हाथ खोलो और देखो और अपने तरल राज्य में गेंद को वापस आना!
5. एक रीमेसेबल बैग में अपनी कीचड़ को स्टोर करें। (कभी नाली नीचे कीचड़ डालना न दें। यदि आपको इसे छोड़ना है, तो उसे कचरे में डाल दें।

क्यों यह काम करता है

कीचड़ एक बहुलक है (मोमोमर नामक एक समान अणुओं की लम्बी शृंखला से बना प्राकृतिक या मानव निर्मित मिश्रित)। यह एक 'गैर-न्यूटोनियन तरल पदार्थ' भी है। इसका अर्थ यह है कि नियमों को तोड़ता है कि वैज्ञानिक आइजैक न्यूटन ने एक तरल चालें लिखी थीं। और उसी तरह से काम किया है कि आप इसे दबाए हुए हैं, इसे पकड़े हुए हैं या बस इसे देख रहे हैं। इसे यह कैसे करना है? अणुओं के क्रॉस-लिंक और सामग्री का सही अनुपात।

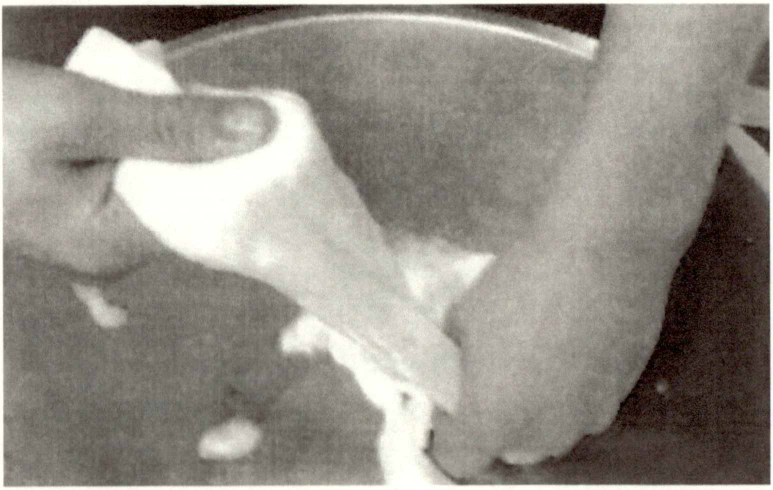

21

सुपर हीरो की ताकत

अपने बच्चे को अपने पसन्दीदा सुपर-सुपर हीरो की चालें सिखाएँ। उसके बाद, क्षैतिज और ऊर्ध्वाधर बलों के बीच के अन्तर के बारे में सीखते हुए उसे अपनी महान ताकत दिखाने के लिए तैयार हो जाओ वह कैसे सन्तुलन काम करता है कि एक बेहतर समझ हासिल करेंगे यह एक महान चाल है जो वे दोस्तों के साथ साझा कर सकते हैं!

जिसकी आपको जरूरत है

1. वयस्क स्वयं सेवक
(मजबूत, बेहतर)

आप क्या करते हैं?

1. वयस्क सहायक को दूसरे की तरफ एक मुट्ठी स्टैक करने के लिए कहें और जब तक उनकी कोहनी, सीधे न हों तब तक उनकी बाहों का विस्तार करें। उन्हें गुदगुदाने के लिए बेझिझक या शोर कर दिखाता है कि वे कितने मजबूत हैं।
2. अपने बच्चे को दो उंगलियाँ शीर्ष मुट्ठी पर रखें, और नीचे की मुट्ठी पर दो। जब वह तैयार हो जाती है, तो उसे तुरन्त विरोध दिशा में मुट्ठी दबाएँ।
3. वह ध्यान देंगे कि मजबूत मुट्ठी को अलग करना कितना

आसान है, और शायद वह मजबूत हो सकता है, इस पर विश्वास नहीं कर सकता उसे एक और बार कोशिश करें ताकि उसकी शक्ति की पुष्टि हो सके।

4. इस बार, वयस्क स्वयंसेवक हैं, इससे पहले की तुलना में और भी अधिक उत्साही एक साथ अपने मुट्ठी को पुश करें और अपना बच्चा प्रयोग दोहराएँ।
5. यह इतना आसान था! क्यूँ कर?

उसे समझाओ कि जब मुट्ठी खड़ी हो जाती हैं, एक साथ धकेलती है, तो यह एक ऊर्ध्वाधर बल बनाता है। कार्यक्षेत्र बलों केवल ऊपर और नीचे धक्का कर सकती हैं, न कि पक्ष की ओर। इसलिए, जब वह अपनी सुपर ताकत, (या क्षैतिज बल) के साथ-साथ धकेलती है, तो उसने ऊर्ध्वाधर बल के सन्तुलन को अक्षम कर दिया, जिससे वयस्कों को अपने मुट्ठी को ढँकने के लिए असम्भव बना दिया।

22

अपने खुद के बैक्टीरिया बढ़ाओ

जीवाणु एक आकर्षक प्रकार का सूक्ष्म जीव है जो हमारे जीवन में एक बड़ी भूमिका निभाता है चाहे हम इसे पसन्द करते हैं या नहीं बैक्टीरिया के अपने स्वयं के नमूने की कोशिश करते समय यह समय की एक छोटी-सी जगह में कैसे पुनः पेश करता है। दूसरों के साथ अपने मूल नमूने की तुलना करें और सबूत प्राप्त करें कि बैक्टीरिया वास्तव में हर जगह हैं!

आपको किस चीज की जरूरत पड़ेगी

1. अगर पेटी पकवान
2. कपास की कलियाँ
3. कुछ पुराने अखबार
   (पेटी डिश को लपेटने के लिए)

निर्देश

1. अपने पेटी डिश अगर तैयार करें।
2. अपने कपास की कली का प्रयोग करना, अपने घर का एक निश्चित क्षेत्र (अर्थात् आपकी पसन्द की सतह पर कपास की कली को नमक करके एक नमूना इकट्ठा करना) का उपयोग करना।

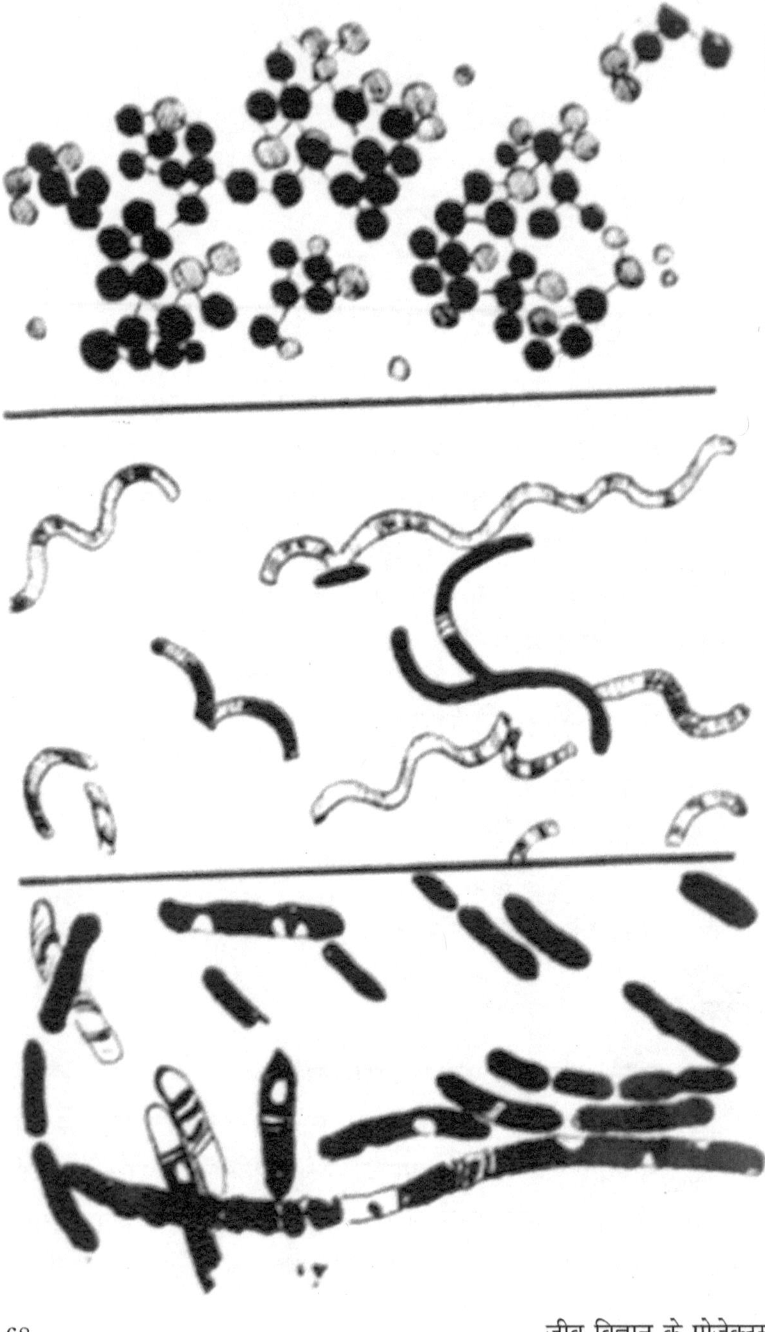

3. पीठ पर ढक्कन डालकर और पेटी डिश को सील करने से पहले कुछ कोमल स्ट्रोक के साथ झाड़ू को चूसना।
4. डिश को 2 या 3 दिनों के लिए गर्म क्षेत्र में बैठने की अनुमति दें।
5. एक अवलोकनात्मक चित्रण करके और परिवर्तनों का वर्णन करके प्रत्येक दिन बैक्टीरिया की वृद्धि की जाँच करें।
6. एक नई पेटी डिश के साथ प्रक्रिया को दोहराएँ और अपनी उंगलियों के नाखूनों के नीचे या आपके पैर की उंगलियों के बीच में फिर से कोशिश करें।
7. पुराने अखबार में पेटी पकवान लपेटकर और बकवास में डालकर (ढक्कन को नहीं खोलें) जीवाणुओं को निकालना।

क्या हो रहा है?

अगर प्लेट और गर्म परिस्थितियाँ जीवाणुओं को बढ़ने के लिए आदर्श स्थान प्रदान करती हैं। थाली पर सूक्ष्म जीव अलग-अलग कॉलोनियों में बढ़ेगा, प्रत्येक मूल के एक क्लोन। आप कपास कली के साथ प्राप्त बैक्टीरिया लगातार बढ़ता है, एक अपेक्षाकृत कम समय में नग्न आँखों के साथ दिखाई दे रहा है। विभिन्न नमूने अलग-अलग परिणाम पेश करते हैं, क्या हुआ जब आप अपने शरीर से swab नमूना लिया?

आप पूरे पृथ्वी में जीवाणु पाएँगे, यह मृदा, रेडियोधर्मी कचरा, पानी, पौधों और यहाँ तक कि जानवरों में भी बढ़ता है (मानव शामिल हैं)। हमारे लिए शुक्र है, हमारी प्रतिरक्षा प्रणाली आमतौर पर बैक्टीरिया हानिरहित बनाने का एक शानदार काम करती है।

23

पिघलती चॉकलेट

बच्चों के लिए इस सरल पिघलने वाली चॉकलेट का आनन्द लें। इसमें कोई सन्देह नहीं है कि एक गर्म दिन में चॉकलेट पिघलने का अनुभव है, तो परिणामों की तुलना करने और कुछ निष्कर्ष पर आने से पहले इन परिस्थितियों के साथ-साथ कुछ अन्य लोगों को फिर से बनाने के लिए कुछ प्रयोग करें।

चॉकलेट किस तापमान पर ठोस से तरल तक जाता है? क्या यह सफेद और काले चॉकलेट के लिए अलग है? यह मजेदार विज्ञान प्रयोग का प्रयास करें और पता करें।

आपको किस चीज की जरूरत पड़ेगी

- एक ही आकार के छोटे चॉकलेट टुकड़े (चॉकलेट बार वर्ग या चॉकलेट चिप्स एक अच्छा विचार है)
- पेपर प्लेटें
- आपके परिणाम रिकॉर्ड करने के लिए पेन और पेपर।

निर्देश

1. एक पेपर प्लेट पर चॉकलेट का एक टुकड़ा लें और इसे छाया में बाहर रखें।
2. रिकॉर्ड करें कि चॉकलेट पिघलने के लिए कितना समय लगा,

या यह पिघल करने के लिए पर्याप्त गर्म न हो, तो रिकॉर्ड 10 मिनट के बाद कितना नरम होता है।

3. एक प्लेट पर चॉकलेट के एक टुकड़े के साथ प्रक्रिया को दोहराएँ, जिसे आप सूर्य में बाहर रख देते हैं। अपने परिणामों को उसी तरीके से रिकॉर्ड करें।
4. चॉकलेट के टुकड़े पिघलने के लिए कितना समय लगता है, यह जाँचने के लिए और अधिक दिलचस्प स्थान खोजें। आप अपने स्कूल बैग, गर्म पानी या यहाँ तक कि अपना मुँह भी देख सकते हैं।
5. अपने परिणामों की तुलना करें, किस स्थिति में चॉकलेट पिघल आया था? आप थर्मामीटर का उपयोग करते हुए स्थानों के तापमान को रिकॉर्ड करना भी पसन्द कर सकते हैं, ताकि आप यह सोच सकें कि किस तापमान पर चॉकलेट पिघलाता है।

क्या हो रहा है?

एक निश्चित तापमान पर आपके चॉकलेट के टुकड़े एक ठोस से एक तरल (या कहीं बीच में) तक एक भौतिक परिवर्तन से गुजर जाते हैं। गर्म दिन में, चॉकलेट पिघलने के लिए आमतौर पर सूर्य का प्रकाश पर्याप्त होता है, जो कि आपको दुर्भाग्य से पहले से अनुभव हो सकता है। आप एक फ्रिज या फ्रीजर में पिघला हुआ चॉकलेट डालकर इस प्रक्रिया को पीछे कर सकते हैं, जहाँ यह एक तरल से वापस एक ठोस तक जाता है। चॉकलेट शायद काफी तेजी से पिघला यदि आप अपने मुँह में एक टुकड़ा डालने की कोशिश की, तो यह आपके शरीर के तापमान के बारे में क्या बताता है? अधिक परीक्षण और प्रयोगों के लिए आप सफेद चॉकलेट और काले चॉकलेट की तुलना कर सकते हैं, क्या वे एक ही तापमान पर पिघलते हैं? कैसे एक कागज की थाली और चॉकलेट के एक टुकड़े के बीच में एक एल्यूमीनियम पन्नी की चादर डालने के बारे में, फिर क्या होता है?

24

आहार कोक और मेंटोस विस्फोट

आधुनिक समय के सबसे लोकप्रिय प्रयोगों में से एक आहार कोक और मैंटोस गीजर है। स्टीव स्पैंगलर द्वारा लोकप्रिय बनाया, यह प्रयोग बहुत मजा और अपने दोस्तों और परिवार को विस्मित करना सुनिश्चित करना है (यह मानते हुए कि आप इसे लिविंग यम के बजाय बाहर करते हैं)।

आपको किस चीज की जरूरत है?

1. आहार कोक की बड़ी बोतल
2. मेंटोस के आधे से ज्यादा पैक
3. गीजर ट्यूब

निर्देश

1. सुनिश्चित करें कि आप इस प्रयोग को ऐसी जगह पर कर रहे हैं जहाँ आपको हर जगह आहार कोक प्राप्त करने में परेशानी नहीं होगी। कुछ घास के बाहर एकदम सही है, कृपया अपने परिवार के लाउंज में यह कोशिश न करें।
2. आहार कोक को सीधे खड़े रखें और ढक्कन को खोलें। किसी प्रकार का फनल या ट्यूब को इसके ऊपर रखें ताकि आप एक ही समय में मेंटोस को छोड़ दें (लगभग आधा पैक

एक अच्छी रकम है)। अगर आपके पास विशेष रूप से डिजाइन किए गए गीजर ट्यूब नहीं हैं तो यह हिस्सा कड़ी मेहनत कर सकता है, मैं एक स्थानीय स्टोर जैसे कि नेचरर्स डिस्करवरीज (एनजेड) या ऑनलाइन से एक खरीदने की सलाह देता हूँ।

मजेदार भाग के लिए 3 मेंटोस को आहार कोक में छोड़ दें और पागल की तरह चलाएँ। यदि आपने इसे ठीक से किया है तो आहार कोक का एक बड़ा गीसर बोतल से बाहर आ जाना चाहिए, यह एक बहुत ही प्रभावशाली दृष्टि है। रिकॉर्ड 9 मीटर (2-9 फुट) ऊँचा है!

क्या हो रहा है?

यद्यपि इसके कुछ अलग सिद्धान्त हैं कि यह प्रयोग कैसे काम करता है, सबसे अधिक अनुकूल कारण कार्बन डाई ऑक्साइड के आहार कोक के संयोजन और मेंटोस कैंडी के टुकड़ों में पाए जाने वाले छोटे डिप्लेंस के कारण हैं।

सोडा के शक्कर में आने वाली चीज कार्बन डाई ऑक्साइड है जो कि फैक्ट्री में पेय की बोतल में पम्प करती है। जब तक आप उसे एक गिलास में डालना और इसे पीना नहीं देते, तब तक इसे जारी नहीं किया जाता है, जब आप ढक्कन को खोलते हैं तो कुछ भी निकल जाते हैं।

25

आपके फेफड़े की मात्रा क्या है?

क्या आपको लगता है कि आप फिट और स्वस्थ हैं? चलो पता लगाने के लिए अपने फेफड़े की मात्रा का परीक्षण करें। बस आपके फेफड़े को कितना हवा पकड़ सकता है? कुछ साधारण घरेलू वस्तुओं की मदद से कुछ वैज्ञानिक जानती हैं कि आप इसे प्रयोग को कैसे आसान बना सकते हैं।

आपको किस चीज की जरूरत है

1. क्लीन प्लास्टिक ट्यूबिंग
2. एक बड़ी प्लास्टिक की बोतल
3. पानी
4. रसोई सिंक या बड़े जल बेसिन

निर्देश

1. सुनिश्चित करें कि प्लास्टिक ट्यूबिंग साफ है।
2. अपने रसोईघर सिंक में 10 से.मी. पानी डालें।
3. पानी के साथ शीर्ष पर प्लास्टिक बोतल सही भरें।
4. जब आप इसे उल्टा कर देते हैं तो पानी से बचने के लिए बोतल के ऊपर अपना हाथ रखो।
5. बोतल उल्टा मुड़ें। अपने हाथ को हटाने से पहले सिंक में

पानी के नीचे बोतल के ऊपर रखें।

6. बोतल में प्लास्टिक ट्यूब के एक छोर को दबाएँ।
7. मैं एक बड़ी साँस ले लो।
8. ट्यूब के माध्यम से आप जितना हवा निकाल सकते हैं।
9. अपने फेफड़ों में हवा की मात्रा को मापें।
10. सुनिश्चित करें कि आप क्षेत्र को खत्म करने के लिए साफ करते हैं।

क्या हो रहा है?

जैसे आप ट्यूब के माध्यम से बाहर निकलते हैं, आपके फेफड़ों से हवा बोतल में पानी की जगह लेती है। यदि आप यह सुनिश्चित कर लें कि आपने बड़ी सांस ली है और पूरी तरह से सांस ली है, तो आपके द्वारा धकेलने वाले पानी की परिणामी मात्रा आपके फेफड़ों को कितना हवा पकड़ सकती है आपके फेफड़ों में बड़ी हवा की क्षमता रखने का मतलब है कि आप अपने शरीर के आसपास ऑक्सीजन को तेज दर पर वितरीत कर कसते हैं। फेफड़े (या वीओ 2 मैक्स) की हवा की क्षमता प्राकृतिक रूप से बढ़ जाती है क्योंकि बच्चे बड़े होते हैं लेकिन नियमित व्यायाम से भी बढ़ सकता है।

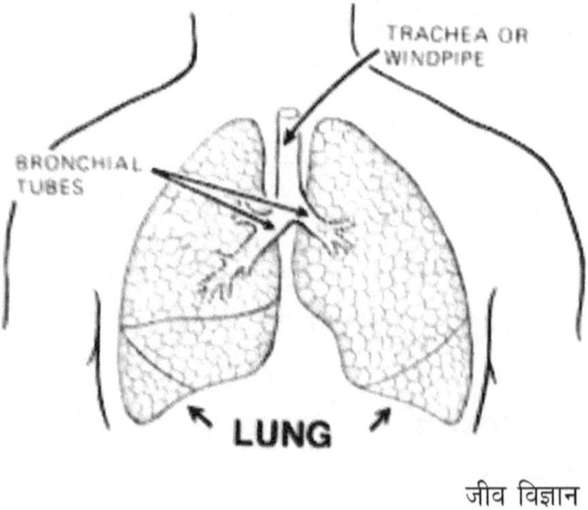

26

'5' दूसरा नियम

उद्देश्य

निर्धारित करें कि पाँच सेकंड या उससे कम समय में गिरने वाले भोजन को चुनना जमीन से बैक्टीरिया के हस्तान्तरण को रोकता है।

शोध प्रश्न

- 5 सेकंड के भीतर जमीन से गिरने वाले भोजन को जीवाणुओं के स्थानान्तरण को रोकना क्या है?
- जमीन पर गिरने वाला खाद्य पदार्थ को जमीन से कितना बैक्टीरिया स्थानान्तरित किया जाता है यह प्रभावित करता है?
- किस प्रकार के मैदान पर भोजन प्रभावित होता है, यह इस बात पर निर्भर करता है कि भोजन में कितना बैक्टीरिया स्थानान्तरित होता है?

पाँच—दूसरा नियम बताता है कि जमीन पर गिराए गए भोजन को खाने के लिए सुरक्षित होगा और रोगाणुओं में शामिल नहीं किया जाएगा, जब तक कि इसे गिराया जाने के 5 सेकंड में नहीं लिया जाता है! यह प्रयोग इस सिद्धान्त का मूल्यांकन करेगा कि क्या इस सिद्धान्त के लिए कोई सच्चाई है! यदि आप पाँच सेकंड में गिरते हुए भोजन को

जमीन से उठाते हुए बैक्टीरिया के स्थानान्तरण को रोकते हैं तो यह परीक्षण करने के लिए अगर प्लेटों का उपयोग किया जाएगा। इसके अलावा आप यह मूल्यांकन करेंगे कि गिरने वाले भोजन का प्रकार या जमीन का प्रकार बैक्टीरियल हस्तान्तरण को प्रभावित करता है या नहीं!

सामग्री

- खाद्य पदार्थों का परीक्षण किया जाना (उदाहरण, लंच मांस और सूखे आइटम जैसे जेली बीन) आपको जाँचने वाले प्रत्येक आइटम की आवश्यकता होगी।
- बाँझ झाड़ू
- बाँझ दस्ताने
- टाइमर
- बाँझ प्लेट में तैयार पोषक तत्व अगर
- परिणाम रिकॉर्ड करने के लिए नोटबुक

प्रायोगिक विधि

1. पोषक तत्व युक्त 12 बाँझ प्लेटें तैयार करें!
2. बाँझ दस्ताने रखें (दस्ताने पहने हुए किसी भी गैर-बाँझ सतह को छुएँ)।
3. दो प्रकार के 'जमीन' चुनें!
4. पहले जमीन के मैदान पर पहला परीक्षण आइटम (उदाहरण के लिए, दोपहर के भोजन के एक टुकड़े) को छोड़ दें!
5. टाइमर प्रारम्भ करें!
6. पाँच सेकंड के बाद जमीन से आइटम निकालें।
7. एक बाँझ झाड़ू के साथ आइटम सवाब।
8. पेट्री डिश के ऊपर से निकालें। किसी भी गैर-बाँझ सतह से

दूर अपने हाथ में पकवान के ऊपर रखें!

9. अगर प्लेट की सतह पर एक घुमक्कड़ पैटर्न में धीरे-धीरे झाड़ू को फिर से चलाएँ अगर किसी भी भाग को दो बार स्पर्श न करें।
10. पेट्री डिश के शीर्ष पर और लेवल पर रखो!
11. अपने दस्ताने बदलें!
12. पहला आइटम (जैसे—दोपहर के मांस का एक नया टुकड़ा) के साथ परीक्षण दोहराएँ!
13. दूसरे आइटम के साथ दो बार दोहराएँ परीक्षण (उदाहरण के लिए, दो अलग जेली बींस)!

14. जमीन के प्रकार बदलें और प्रत्येक आइटम के साथ दो बार परीक्षण करें!
15. स्वाब आइटम जिन्हें किसी भी आधार पर नहीं छोड़ा गया है! प्रत्येक आइटम के परीक्षण के लिए 'नियन्त्रण' अगर प्लेटें बनाएँ।
16. ऐसे वातावरण में पेट्री डिश रखें जो सम्भवतः 37 डिग्री सेल्सियस के करीब हो। बैक्टीरिया कमरे के तापमान पर बढ़ने में अधिक समय लगेगा सुनिश्चित करें कि सभी पेट्री व्यंजन एक ही स्थान पर रखे गए हैं।
17. समय के निर्धारित अन्तराल पर (जैसे 24 घंटे, 36 घंटे, 48 घंटे, 60 घंटे, और 72 घंटे) पर फोटो प्लेट! प्रत्येक समय बिंदु पर प्रत्येक पर जीवाणु कालोनियों की गणना करें!

27

स्वाद कैसे प्रभावित करता है?

दोनों अपने गन्ध की भावना और स्वाद की भावना रसायन का पता लगाया। आपकी जीभ लगभग 10,000 स्वाद कली के साथ आती है, जो पाँच विभिन्न प्रकार के स्वादों का पता लगाती है—नमकीन, कड़वा, मीठा, खट्टा और उमामी जापानी की खोज की जाती है, उस भाषा में स्वादिष्ट होते हैं! उमामी के स्वाद के कलियों में स्वादिष्ट जायके का पता लगाया जाता है! आपके मुँह की छत पर और आपके गालों की आन्तरिक सतह पर कुछ स्वाद की कलियाँ भी हैं! आपके गन्ध की भावना में शामिल रासायनिक रिसेप्टर्स प्रत्येक अनुनासिक गुहा की छत पर स्थित घ्राण पथ कहा जाता है तन्त्रिका कोशिकाओं के एक डाक टिकट के आकार के पैय में स्थित है। ये रिसेप्टर्स हजारों विभिन्न प्रकार के रसायनों का पता लगा सकते हैं। क्या आपने कभी गौर किया है कि जब आपके पास सर्दी होती है तो भोजन किस तरह अलग होता है? गन्ध और स्वाद निश्चित रूप से जुड़े हुए हैं! चलो जाँचें।

सामग्री

- 15 स्वयंसेवकों, जिनमें से कोई भी उन खाद्य पदार्थों से एलर्जी है जिन्हें आप उन्हें दे रहे हैं, आप विशेष रूप से स्ट्रॉबेरी के बारे में पूछ सकते हैं।

- फल का वर्गीकरण
- चाकू
- काटने का बोर्ड
- 3 बड़ी प्लेटें
- क्यू सुझावों
- पेपरमिंट की आवश्यक तेल
- क्लिप बोर्ड
- पेंसिल
- सादा पटाखे
- पानी
- कप

प्रक्रिया

1. अपने प्रयोग को शुरू करने से पहले, सुनिश्चित करें कि आपके प्रत्येक स्वयंसेवकों से यह आशंका है कि वे गंध और स्वाद से सम्बन्धित किसी प्रयोग में भाग ले रहे हैं! फलों या पेपरमिंट तेल में किसी एलर्जी के बारे में पूछें।
2. एक डेटा तालिका बनाएँ जिसे आप प्रत्येक स्वयंसेवक का परीक्षण करते समय जल्दी से भर सकते हैं! प्रत्येक स्वयंसेवक की प्रतिलिपि बनाएँ!

   फलों का पेपरमिंट ऑयल

   नाक ने प्लग इन किया नियन्त्रण

   स्ट्राबेरी

   नाशपाती

   कीवी फल

   टमाटर

   केला

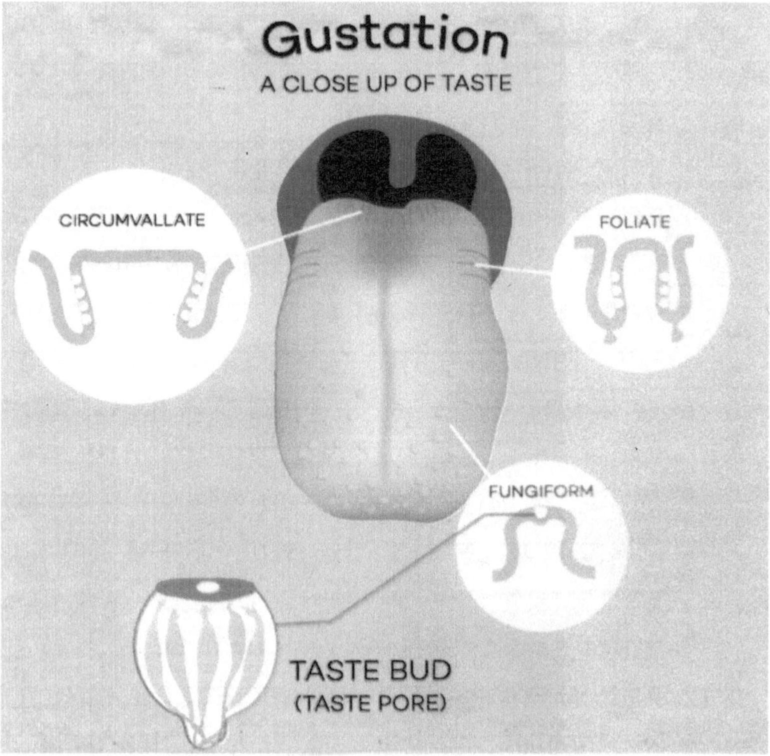

तरबूज
सेब

3. फलों को बिट-साइज के टुकड़ों में तोड़ो! प्रत्येक स्वयंसेवक के लिए आपको प्रत्येक प्रकार के फल के तीन टुकड़े चाहिए।
4. फल के प्रत्येक टुकड़े में एक दर्न्तखोदनी छड़ी।
5. यह सुनिश्चित कर लें कि सभी प्रकार के फल समान आकार के अन्तर्निर्मित होते हैं और फल का कोई टुकड़ा या बीज नहीं होते हैं।
6. प्रत्येक तीन प्लेटों पर प्रत्येक प्रकार के फलों के ढेर बनाएँ।
7. फल की एक प्लेट के लिए, फल के प्रत्येक टुकड़े पर पेपरमिंट तेल की एक बूँद को दबाकर कपास झाड़ू का उपयोग करें!

8. अपने स्वयंसेवकों को फल की प्लेट देख न दें! इसके अलावा, उन्हें पूरे प्रयोग में अपनी आँखें बन्द करने या आँखों पर पट्टी बाँधने की आवश्यकता होगी!
9. प्रत्येक स्वयंसेवक अलग-अलग परीक्षण करें।
10. शीर्ष पर पेपरमिंट ऑयल के साथ फल से शुरू करो! अपने स्वयं सेवा फल का फल दो, उसे 3 सेकंड के लिए फल की पहचान करें। अगर वह सही ढंग से फल लगाती है तो उसके नाम के साथ डेटा तालिका पर एक चेक मार्क डाल दें। यदि वह फल की पहचान नहीं कर सकता है या गलत तरीके से पहचान सकता है, तो उसके चार्ट पर 0 को चिह्नित करें!
11. पेपरमिंट ऑयल कवर फलों के साथ हर व्यक्ति के परीक्षण के बाद, प्रत्येक स्वयंसेवक को आराम करने के लिए कुछ समय लगता है, पानी के ड्रिंक ग्लास और ईता हुआ दुगल पटाखे!
12. प्रयोग को दोहराएँ, इस बार अपने स्वयंसेवकों से नेयरिस को बन्द करने और अपनी नाक पकड़ने के लिए कहें क्योंकि वे प्रत्येक फल का स्वाद लेते हैं!
13. फिर से अपने स्वयंसेवकों को अन्तिम परीक्षण करने से पहले आराम करें।
14. अगले परीक्षण के लिए आपके स्वयंसेवकों को उनकी आँखों को बन्द करने की जरूरत है।
15. स्वाद परीक्षण को दोहराएँ और प्रत्येक डेटा तालिका में परिणाम रिकॉर्ड करें!

परिणाम

आपके परिणाम आपके द्वारा चुने गए फल पेपरमिंट ऑयल और आपके स्वयंसेवकों के आधार पर भिन्न होंगे। सामान्यतौर पर आपके

स्वयंसेवकों को फलों के स्वाद को पहचानने में कम सक्षम नहीं होता है जब यह पेपरमिंट तेल या उनके नाक को पकड़े हुए होता था! फ्रिट्स आपके स्वयंसेवकों को कम से कम अक्सर पहचानना कठिन हो सकता है!

क्यूँ कर?

आप जितना त्वचा और बीज हटा सकते हैं, उतना ही आप अपने स्वयंसेवकों के बनावट के माध्यम से फल की पहचान के बारे में सुराग नहीं पाएँगे और आपने उनकी आँखों को बन्द कर दिया था ताकि आप बिना टेस्ट या दृष्टि के बिना परीक्षण कर सकें। टमाटर का परीक्षण करने के लिए एक अच्छा भोजन है क्योंकि वे वनस्पति परिभाषा के अनुसार फल है मोरे आपके स्वयंसेवकों से यह उम्मीद नहीं हो सकती है! अन्तिम परीक्षण का उद्देश्य एक नियन्त्रण था, यह देखने के लिए कि आपके स्वयंसेवकों ने बिना किसी प्रकार के पुदीष के फलों की पहचान कैसे की थी या उनकी नाक को छू लिया था! आपके स्वयं सेवकों को फलों की पहचान करने में कठिन समय हो सकता है, जब उनकी गन्ध की भावना उनकी उंगलियों से चिपक जाती है या पेपरमिंट तेल से अभिभूत होती है। हम जो कुछ स्वाद देखते हैं वास्तव में गन्ध है। याद रखें कि केवल पाँच प्रकार के स्वाद रिसेप्टर्स हैं—नमकीन, कड़वा, मीठा, खट्टा और उमनी। बहुत से फलों में आप मीठे स्वाद देते हैं, और शायद थोड़ा खट्टा होता है, परन्तु एक फल को दूसरे से बताने का मुख्य तरीका गन्ध होता है! गन्ध की आपकी भावना 1000 अलग-अलग खुशबू!

28

बढ़ते खमीर : चीनी किण्वन

आमतौर पर आटे का उत्पादन करने के लिए खमीर सबसे अधिक उपयोग किया जाता है। क्या आपने कभी ओवन में पिज्जा क्रस्ट या रोटी का एक रोटी देखा है? खमीर आटा का विस्तार करता है लेकिन वास्तव में खमीर क्या है और यह कैसे काम करता है? खमीर उपभेदों को वास्तव में जीवित यूकेरियोटिक रोगाणुओं से बना होता है, जिसका अर्थ है कि वे नाभिक के साथ कोशिकाओं में होते हैं। फंगियों (मशरूम के रूप में एक ही राज्य) के रूप में वर्गीकृत होने के नाते, खमीर पौधों की तुलना में आपसे अधिक निकटता से सम्बन्धित है। इस प्रयोग में हम खमीर को जीवन के लिए देख रहे होंगे क्योंकि यह किण्वन नामक एक प्रक्रिया के माध्यम से चीनी को भी टूटता है, जिसे सुक्रोज के रूप में भी जाना जाता है।

सामग्री

- 3 साफ ग्लास कप
- 2 चम्मच चीनी
- पानी (गर्म और ठण्डा)
- 3 छोटे व्यंजन
- स्थायी मार्कर

प्रक्रिया

1. ठण्डे पानी के लगभग 2 इंच के साथ सभी तीन व्यंजन भरें।
2. प्रत्येक डिश में अपना स्पष्ट चश्मा रखें और उन्हें 1, 2 और 3 लेबल दें।
3. ग्लास में 1—खमीर का एक चम्मच, गर्म पानी के कप और चीनी के 2 चम्मच मिलाएँ।
4. ग्लास 2 में—1/4 कप गर्म पानी के साथ खमीर का एक चम्मच मिलाएँ।
5. ग्लास 3 में—ग्लास में खमीर के एक चम्मच को रखें।
6. प्रत्येक कप प्रतिक्रिया का निरीक्षण करें। आपको क्यों लगता है कि प्रत्येक कांच में प्रतिक्रिया एक दूसरे से अलग थी? अपने तीन चश्मे का मूल्यांकन करने के लिए अपनी अधिक इनिद्रयों का उपयोग करने की कोशिश करें; दृष्टि, स्पर्श, सुनवाई और विशेष रूप से गन्ध!

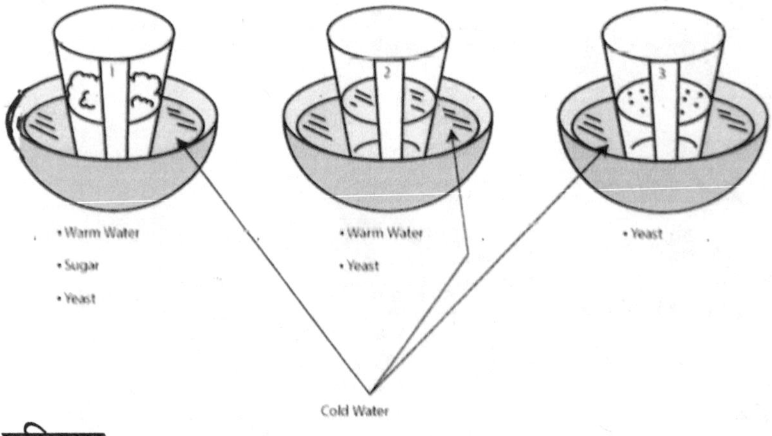

परिणाम

काँच 1 में गर्म पानी और चीनी का कारण। किण्वन के कारण फोमिंग होता है।

क्यूँ कर?

किण्वन बैक्टीरिया, सूक्ष्म जीवों द्वारा या किसी विशेष पदार्थ को तोड़ने की एक रासायनिक प्रक्रिया है, या इस मामले में खमीर। काँच 1 में खमीर को गर्म पानी और चीनी जोड़कर सक्रिय किया गया था।

सफर का खमीर खमीर से फोमिंग परिणाम कांच 1 गन्ध अलग था? आमतौर पर चीनी किण्वन प्रक्रिया अपशिष्ट उत्पाद के रूप में गर्मी और या गैस को बन्द कर देती है इस प्रयोग में 1 ग्लास कार्बन डाई ऑक्साइड को इसकी कचरे के रूप में बन्द कर दिया।

खमीर रोगाणुओं के वातावरण में अलग-अलग प्रतिक्रिया होती है। क्या आपने चीनी और ठण्डे पानी के साथ खमीर मिलाकर कोशिश की, तो आप ऐसा ही न हो पाए। पर्यावरण के मामले और यदि पानी बहुत गर्म था, तो यह खमीर सूक्ष्मजीवों को मार देगा! केवल खमीर ही प्रतिक्रिया नहीं करता जब तक चीनी और गर्म पानी जोड़ा जाता है और किण्वन प्रक्रिया बनाने के लिए मिलाया जाता है। इस प्रक्रिया में कार्बन डाई ऑक्साइड कैसे काम करता है इसकी जाँच के लिए आप खोलने के मुँह में एक गुब्बारा जोड़ते समय एक बोतल में खमीर, गर्म पानी और चीनी मिश्रण कर सकते हैं। गुब्बारा खमीर किण्वन उगने से गैस के रूप में विस्तार होगा।

29

प्लांट फोटोट्रॉपीज्म प्रयोग

जैसे-जैसे पौधे बढ़ते हैं, वे प्रकाश की ओर बढ़ते हैं लेकिन पौधे का पसन्दीदा रंग क्या है? क्या पौधे दूसरों की तुलना में कुछ रंगों की ओर बढ़ते हैं?

सामग्री

- ढक्कन के साथ 2-1 फुट लम्बा गत्ता बक्से
- कार्डबोर्ड का टुकड़ा
- शासक
- 2 छोटे लैम्प
- 2 पूर्ण स्पेक्ट्रम लाइट क्लब
- बॉक्स कटर चाकू
- मास्किंग टेप
- स्पष्ट, लाल, हरे और नीले रंग का सिलोफेन का 13 इंच × 3 इंच टुकड़ा
- पानी
- छिड़कने का बोतल
- कैमरा
- 8 बीन बीज
- छोटे बर्तन

प्रक्रिया

1. सबसे पहले, अपने पौधों को बढ़ते रहे! अपने दो सेम के बीज दो अलग-अलग बर्तनों में संयंत्र करें, उन्हें पानी दें और उन्हें मैदान से बाहर निकलने की प्रतीक्षा करें।
2. जब आप प्रतीक्षा कर रहे हैं तो अपने बक्से तैयार करें प्रत्येक छोर के नीचे से 3 इंच के व्यास में एक छेद, 2 काटे "छेद पर स्पष्ट सिलोफन रखें यह बॉक्स में सभी प्रकाश को छोड़ देगा। दूसरे बॉक्स में छेद के ऊपर लाल साल्टोफेन रखें यह केवल बॉक्स में लाल बत्ती देगा।
3. पहले बॉक्स में एक संयंत्र और दूसरे में एक रखो! सिलोफन विंडो से प्रत्येक बीन संयंत्र को दो इंच दूर रखने के लिए एक शासक का उपयोग करें। पौधों की एक तस्वीर ले लो बॉक्स के ऊपर से नीचे देख रहे हैं।
4. एक ही कमरे के अलग-अलग किनारों पर बॉक्स रखो!
5. अब यह चीजों को हल्का करने का समय है। सिलोफन खिड़की के साथ बक्से के बगल में लैम्प रखो। अपने शासक को फिर से निकालें और यह सुनिश्चित करने के लिए उपाय

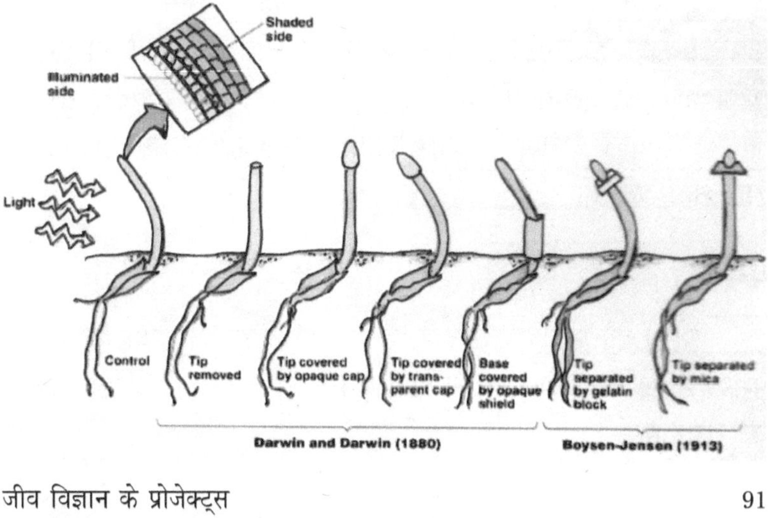

करें कि दीपक छेद से एक ही दूरी है!

6. प्रत्येक बॉक्स पर ढक्कन डालें।
7. हर सुबह प्रत्येक दीपक को चालू करें! हर रात बिस्तर पर जाने से पहले लैम्प बन्द करें पौधों को एक सप्ताह के लिए बढ़ने दें!
8. एक सप्ताह बीत जाने के बाद, ढक्कन को हटा दें और नीचे की ओर देखकर एक फोटो लें! फिर पौधों को हटा दें और सामने से एक तस्वीर ले लो। क्या पौधे अलग दिखते हैं? क्या दूसरे की तुलना में एक लम्बे? एक अलग दिशा में एक मुड़ है?
9. नए बींस पौधों के साथ एक ही प्रयोग करें, लेकिन सिलोफन का रंग नीले रंग में बदल दें। अन्त में हरे रंग का सिलोफन के साथ प्रयोग को दोहराएँ।
10. प्रत्येक बीन संयंत्र की तस्वीरों की तुलना एक सप्ताह के लिए बढ़ रही है! पौधों एक निश्चित रंग की ओर अधिक बारी थी? क्या वह एक रंग था जिसे पसन्द नहीं आया था?

परिणाम

नियन्त्रण पौधों पौधों की तुलना में बेहतर काम करेंगे जो कि केवल प्रकाश की एक तरंग दैर्ध्य के सामने आते हैं। पौधों को हरे रंग के प्रकाश की तुलना में लाल और नीले रंग में बेहतर बढ़ेगा। पौधों लाल और नीले प्रकाश की ओर बढ़ेगी लेकिन हरे रंग की रोशनी की ओर नहीं बढ़ेगी।

क्यूँ कर?

पौधों को प्रकाश पसन्द है, है ना? हाँ और ना! पौधों को प्रकाश पसन्द है, लेकिन वे कुछ तरंग दैर्ध्य दूसरों की तुलना में अधिक प्रकाश की तरह हैं!

जब आप इन्द्रधनुष को देखते हैं, तो आप देख सकते हैं कि प्रकाश के दृश्यमान स्पेक्ट्रम में वास्तव में अलग रंग या तरंग दैर्ध्य हैं। दृश्यमान स्पेक्ट्रम वह प्रकाश है जिसे हम देख सकते हैं। विभिन्न वस्तुएँ विभिन्न प्रकार के प्रकाश को दर्शाती है। एक नीली कटोरा नीला प्रकाश को दर्शाता है एक हरे पौधे हरे रंग की रोशनी को दर्शाता है! एक संयंत्र के अन्दर क्लोरोप्लास्ट है क्लोरोप्लास्ट के अन्दर छोटे अणुओं को फोटोपगमेंट कहा जाता है! Photopigments पौधे प्रकाश को अवशोषित करने में मदद करता है एक संयंत्र में विभिन्न प्रकार के फोटोपगमेंट होते हैं, जिससे यह प्रकाश के विभिन्न रंगों को अवशोषित कर सकता है!

जब प्राकृतिक प्रकाश एक पौधे पर चमकता है, तो पौधे विभिन्न तरंग दैर्ध्यों से प्रकाश में लेता है और भोजन करने के लिए इस्तेमाल करता है! यह प्राकृतिक प्रकाश को सफेद प्रकाश कहा जाता है और इसमें सभी प्रकार के प्रकाश होते हैं अगर एक संयंत्र पर प्रकाश का केवल एक रंग चमक रहा है, तो केवल कुछ फोटोटिगमेंट्स काम करती है और पौधे भी उतना ही बढ़ता नहीं है यही कारण है कि पूर्ण रोशनी वाले स्पेक्ट्रम के तहत आपका संयंत्र सिलोफन फिल्टर के साथ पौधों से बेहतर रहा!

पौधे भी प्रकाश की ओर बढ़ते हैं सीधी जमीन से छोटे पत्ते को प्रकाश में डालते हैं एक अन्धेरे कमरे में एक घर के पौधे प्रकाश की ओर बढ़ेगा प्रकाश के प्रति प्रतिक्रिया में यह आन्दोलन फोटोट्रोपिज्म कहलाता है। जब कोई पौधे प्रकाश की ओर बढ़ता है तो इसे सकारात्मक उष्णकटिबन्धीय कहा जाता है! जब एक पौधे प्रकाश से दूर चलता है, इसे नकारात्मक उष्णकटिबन्धीय कहा जाता है!

पौधों कैसे चलते हैं?

वे औक्सिंस नामक रसायनों की मदद से ऐसा करते हैं कक्षों के

लिए एक लोचदार बैंड के रूप में औक्सिंस के बारे में सोचो वे कोशिकाओं की मदद करते हैं और आगे बढ़ते हैं! सूर्य के प्रकाश में औक्सिन कम होता है, इसलिए पौधों के क्षेत्र में सूर्य के प्रकाश के सम्पर्क में कम औक्सिन होता है पौधे के अन्धेरे पक्ष के क्षेत्रों में अधिक auxin होगा। इसका मतलब है कि उनके पास लम्बे, खिंचाव वाले कक्ष हैं। यह पौधे को प्रकाश की ओर बढ़ने की अनुमति देता है। आपके प्रयोग के पौधों ने सकारात्मक उष्णकटिबन्धीय दिखाया, सिवाय इसके कि यह हरे रंग की रोशनी में कब आए! पौधों ने हरे प्रकाश की ओर क्यों नहीं बढ़ दिया? पौधे हरे हैं जिसका मतलब है कि यह हरे रंग की रोशनी को दर्शाते हैं। यह पत्तियों से उछलता है इसका मतलब यह है कि वे बहुत हरे रंग की रोशनी का उपयोग नहीं कर सकते हैं, और हरे रंग की रोशनी की ओर आन्दोलन को प्रोत्साहित करने के बजाए पौधे बन्द कर देता है।

गहरा खोदना

क्या होगा यदि आप रोशनी में लम्बे समय तक पौधों को छोड़ दें जो केवल लाल या नीला था? क्या वे बचेंगे?

30

अंकुरण पर एसिड वर्षा का प्रभाव

सुरक्षा के मुद्दे

समाधान मिश्रण करते समय देखभाल की जानी चाहिए उपयोग किए गए सभी रसायनों पर लागू होने वाले सभी सुरक्षा खतरों और दिशानिर्देशों का पालन किया जाना चाहिए!

परियोजना को पूरा करने के लिए लगभग आवश्यक समय

सेटअप कम है और पूरा किया जा सकता है, आपूर्ति खरीदने के बाद! डेटा संग्रहण भी कम से कम 20 मिनट हर कुछ दिनों में होता है! हालांकि पौधों के विकास में समय लगता है, इसलिए लगभग तीन सप्ताह के लिए बजट!

यह परियोजना यह निर्धारित करने की उम्मीद करती है कि क्या पीएच और विस्तार से, एसिड बारिश-अंकुरण और पौधों की वृद्धि पर विशेष रूप से प्रभावकारी प्रभाव पड़ता है, विशेष रूप से अर्किकीय फसलों लक्ष्य विभिन्न पीएच स्तरों पर पौधों के विकास की मात्रा का आकलन करना है और गैर-प्रयोगशाला स्थितियों में।

सामग्री

अम्ल वर्षा के प्रभाव के बारे में अनुमान लगाने के लिए है!

- पिंटो (या अन्य कृषि) सेम के 1 बैग
- आसुत सिरका या केन्द्रित नींबू का रस
- आसुत जल-कम से कम दो गैलन
- जीप्लोक बैगगियों, मध्यम आकार
- कागजी तौलिए
- शार्पी मार्कर
- स्ट्रिंग
- मीट्रीक शासक
- प्लास्टिक की पिपेट

पीएच परीक्षण स्ट्रिप्स सभी सामग्री किराने की दुकान पर उपलब्ध हैं, पीएच परीक्षण स्ट्रिप्स और पिपेट्स के अपवाद के साथ, जो आमतौर पर ज्यादातर स्कूल प्रयोगशालाओं में उपलब्ध है। किसी भी प्रकार के आईड्रोपर्स या स्ट्रॉज भी, पाइपटेप्स के लिए प्रतिस्थापित हो सकते हैं। इन सामग्रियों को खरीदने के लिए नीचे लिंक दिए गए हैं, वे स्कूल में उपलब्ध नहीं होने चाहिए! एसिड बारिश हमारी दुनिया के लिए एक समस्या की अधिक से अधिक होती जा रही है नाइट्रोजन

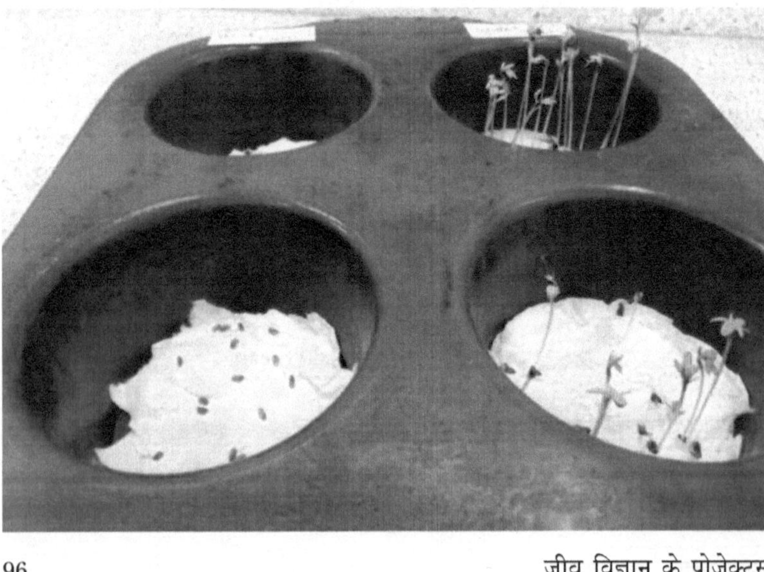

और सल्फ्यूरिक ऑक्साइड जैसी औद्योगिक प्रदूषणियों के बाहर, यहाँ तक कि अधिक कार्बन डाई ऑक्साइड वर्षा जल के पीएच को प्रभावित कर सकता है एक सवाल उठता है कि "कृषि कैसे प्रभावित होगा?" पौधों का पानी वर्षा पर निर्भर है और जाहिर है कि इसकी अम्लता पर कोई नियन्त्रण नहीं है।

हम पौधे के विकास का एक पहलू–अंकुरण और प्रारम्भिक विकास–काफी आसानी से खोज सकते हैं। पिंटो सेम (फेसिअल बल्लुजर) एक प्रमुख कृषि फसल है और साथ में काम करने के लिए काफी आसान परीक्षण विषयों! कृषि क्षेत्र पर एसिड बारिश के प्रभाव को बेहतर ढंग से निर्धारित करने के लिए हम कितने पौधों को विभिन्न अम्लीय परिस्थितियों में अंकुरित और विकसित कर सकते हैं!

शोध प्रश्न

पीएच क्या है, और इसका क्या उपाय है?

- अम्ल वर्षा कैसे पैदा होती है?
- बारिश की सामान्य पीएच क्या है?
- अम्लता पौधे की वृद्धि को कैसे प्रभावित करती है?
- दुनियाभर में प्रमुख कृषि स्टेपल क्या है?
- अंकुरण क्या है?
- बीज की 'शारीरिक रचना' क्या है?
- अंकुर के 'शरीर रचना' क्या है?
- बढ़ती अंकुर के प्रारम्भिक भाग क्या है?

समाधान

1. अपने पहले समाधान बनाने के लिए 1 भाग के सिरका के साथ 3 भागों आसुत जल मिलाएँ। मिश्रण में सटीकता यहाँ सबसे महत्वपूर्ण हिस्सा नहीं है–अम्लता को मापने के लिए 2

है! 2 : समाधान की अम्लता निर्धारित करने के लिए पीएच पेपर का प्रयोग करें।

2. पीएच को पूरी संख्या में लाने के लिए पानी या सिरका जोड़ें। पानी की तुलना में सिरका जोड़ने में आसान है, उदाहरण के लिए आपको कम की आवश्यकता होगी—उदाहरण के लिए प्रारम्भिक मिश्रण 3.5 की पीएच हो, तो पीएच को 3 से प्राप्त करने के लिए थोड़ा-सा सिरका जोड़ना आसान हो सकता है। क्योंकि इससे बहुत अधिक जोड़ना होगा पानी पीएच से 4 तक पहुँचने के लिए।
3. अपने शुरूआती समाधान का लगभग 1/10 डिग्री लें और इसे 9/10 के पानी के साथ मिलाएँ।
4. दूसरा समाधान आपके प्रारम्भिक समाधान से लगभग एक पीएच स्तर होना चाहिए। उदाहरण के लिए यदि आपको 3 के प्रारम्भिक पीएच समाधान मिला है, तो इस समाधान से 4.2 हो सकता है।

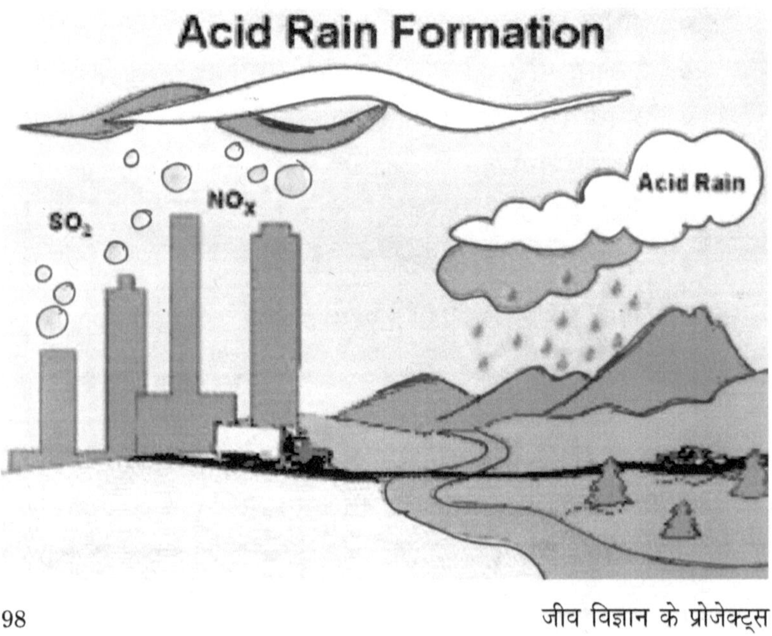

5. पीएच को पूरी संख्या में लाने के लिए पानी या सिरका जोड़ें।
6. **नोट**—आपको वास्तव में पीएच को पूरी संख्या में प्राप्त करने की आवश्यकता नहीं है, जब तक आप दशमलव के साथ आराम से काम कर रहे हों लक्ष्य तीन अलग पीएच मानों के साथ तीन समाधान प्राप्त करना है, वास्तविक मूल्यों में बहुत ज्यादा कोई फर्क नहीं पड़ता है, जब तक कि वे अन्तर में 'पीएच' बिन्दु के करीब हैं या इससे भी ज्यादा बस बन्द करने के लिए नहीं या बहुत दूर। उदाहरण के लिए, तीन अच्छे पीएच के 3.3, 4.7 और 6.0 हो सकते हैं। तीन बुरे लोग 3.3, 3.4 और 6.9 होंगे!
7. तीसरे समाधान के लिए चरण 2-5 दोहराएँ।
8. अपने प्रयोग के लिए एक नियन्त्रण के रूप में सेवा करने के लिए सिर्फ एक समाधान को अलग सेट करें जो कि आसुत जल है।
9. अब आप प्रयोग को सेटअप करने के लिए तैयार हैं सेटअप।
1. 40 पिंटो सेम, 40 जीपलोक बैग, और 40 कागज के तौलिए या नैपकिन की गणना करें।
2. बैग के बाहर, प्रत्येक पीएच समाधान के लिए 10 बैग लेबल करें! उदाहरण के लिए यदि आपके पास, 3, 4, 6 और 7 के पीएच समाधान हैं तो आपको 'पीएच 3' के 10 बैग लेना चाहिए, 'पीएच 4' आदि के 10 लेवल चाहिए।
3. 40 नैपकिंस में से प्रत्येक में एक बीन रखें और 40 ziploc बैग में से प्रत्येक में एक बीन/नैपकिन रखें। प्रत्येक समाधान के लिए एक अलग (या कम से कम साफ) बिन्दुक का उपयोग करके प्रत्येक बैग में सही पीएच समाधान जोड़ें। नैपकिन को ज्यादातर सन्तृप्त किए बिना पूरे नम होना चाहिए—अगर बैग के तल पर एकत्रित समाधान होता है तो

आपने बहुत ज्यादा जोड़ दिया है! इसी तरह अगर ज्यादातर नैपकिन अभी भी सूखा है तो आपने बहुत कम जोड़ दिया है!

4. एक अन्धेरे, गर्म जगह में सभी बैग रखें जैसे अलमारी में या रसोई के सिंक के नीचे!
5. तीन दिनों में अपना पहला डेटा लेने के लिए बैग खोलें!

31

ग्रीन हाउस परियोजना

ग्रीन हाउस प्रभाव वातावरण में गर्मी का फँसाने लगाना है हवा में गैसों के बिना सूरज से गर्मी अन्तरिक्ष में वापस उछाल आएगी। वायु में बहुत अधिक गैस वातावरण में अवशोषित होने की बहुत अधिक गर्मी का कारण बनती है, इसलिए पृथ्वी की सन्तुलन (सन्तुलित राज्य) में बाधा आ गई है।

गैसों और प्रदूषण पृथ्वी के वायुमंडलीय दबाव को कैसे प्रभावित करते हैं?

सामग्री

- बेंडी स्ट्रॉज
- प्लास्टिक की चादर
- फीता
- 2 थर्मामीटर
- घड़ी, घड़ी या टाइमर

प्रक्रिया

1. बेंडी स्ट्रॉज को पकड़ो। इन्हें इस आरेख में एक साथ रखें।
2. उस चार पक्षों को बनाओ जो ऊपर दिए गए चित्र की तरह दिखते हैं। नीचे भूरे-भूरे को सीधे नोट करें यदि बेंडी का

पुआल बाहर निकलता है तो अतिरिक्त लम्बाई काटा!

3. सभी लाल क्षेत्रों में एक साथ भूसे का टेप करें।
4. समाप्त मॉडल कोई छत या नीचे के साथ एक धन होना चाहिए। उन भागों को बनाना सामग्री की बर्बादी होगी।
5. धन के चारों ओर प्लास्टिक की चादर लपेटो ताकि यह एक पूर्ण घन बना सके और कोई खुलने वाला न हो। (आप परीक्षण करने के लिए क्यूब्स बना सकते हैं कि प्लास्टिक का मोटा लेपटन तापमान को कैसे प्रभावित करता है।)

6. एक चार्ट को ड्रा या प्रिंट करें। यहाँ एक उदाहरण है।

	Inside Cube	Outside Cube
In the sun		
0 min.		
1 min.		
2 min.		
3 min.		
4 min.		
5 min.		
in the shade		
0 min.		
1 min.		
2 min.		
3 min.		
4 min.		
5 min.		

1. बाहर जाएँ और धन को जमीन पर रखें! सुनिश्चित करें कि यह सीधे सूर्य के प्रकाश में है!
2. अपने थर्मामीटर को देखो 0 मिनट के बक्से में शुरुआती तापमान रिकॉर्ड करें!
3. घन की छत के माध्यम से एक छोटा-सा टुकड़ा बनाओ और घन के अन्दर थर्मामीटर टेप करें! सुनिश्चित करें कि यह जमीन को स्पर्श नहीं करता है!
4. धन के अन्दर और बाहर हर 1 मिनट में तापमान लिखने

के लिए अपनी घड़ी, घड़ी या टाइमर का उपयोग करें।

5. 5 मिनट के बाद अपने क्यूब और थर्मामीटर को छाया में ले जाएँ!
6. छाया में हर एक मिनट के तापमान को रिकॉर्ड करें!
7. 5 मिनट के बाद आपको अपना चार्ट पूरा करना चाहिए था।
8. अन्दर जाओ और डेटा पर गौर करें।
9. क्यूब और बाहर धन में आपने क्या अन्तर देखा ओ तापमान कैसे अलग था?

- क्या तापमान की वृद्धि या कमी की गति अलग थी?
- कौन-सा क्यूब सूरज में गर्म था?
- कौन-सा क्यूब छाया में ठण्डा था?

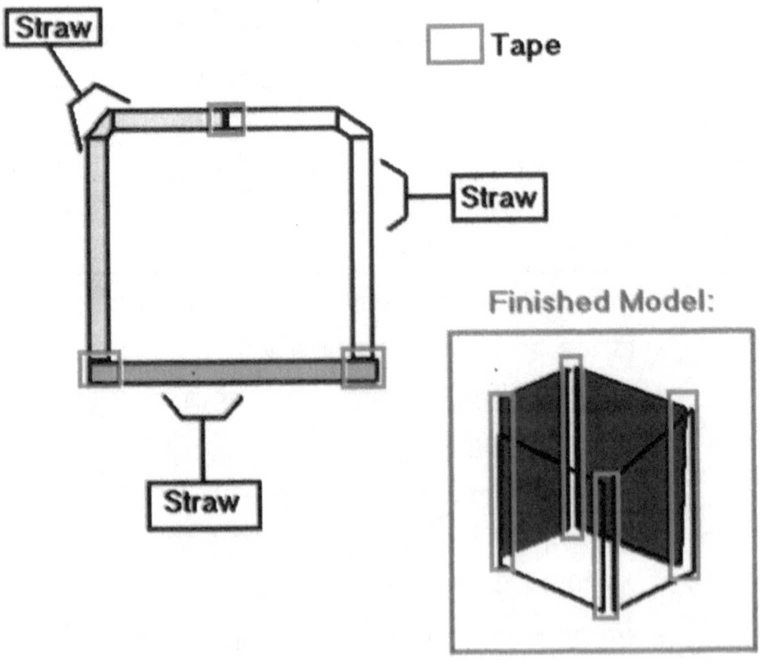

32

स्ट्रॉबेरी से डीएनए निकालना

उद्देश्य

निर्धारित करें कि स्ट्रॉबेरी का कौन-सा चरण डीएनए को पका हुआ, परिपक्व या अधिक परिपक्व से निकालना सबसे आसान होगा!

परिचय

डीएनए या डीऑक्सीरिबोन्यूक्लिक एसिड, जीवन का अणु है। डीएनए प्रत्येक जीवन में विद्यमान है, सबसे छोटा वायरस से सबसे बड़ा स्तनपायी है, और एकमात्र ज्ञात अणु जो स्वयं को दोहराने की क्षमता रखता है। डीएनए एक लम्बी फाइबर है—बाल की तरह केवल पतली और लम्बी है। इसे दो किस्सों से बनाया जाता है। जो थोड़ी मोड़ के साथ चिपक जाता है। डीएनए जीन के फैलाव में व्यवस्थित होता है जहाँ प्रोटीन डीएनए को क्रोमोसोम में कुंड देते हैं, जीन के बन्द करें 'और' जीव बन्द करें कैलिफोर्निया, स्ट्रॉबेरी, परिवार के रासैसी में पौधों की एक प्रजाति है, और इन पौधों के फल हैं! 20 से अधिक नामित प्रजातियों और कई संकट और किसान हैं, लेकिन सबसे आम स्ट्रॉबेरी व्यावसायिक रूप से विकसित होते हैं, वे बगीचे के स्ट्रॉबेरी की किस्में हैं। स्ट्रॉबेरी को एक पौष्टिक 'सुपरफूड' के रूप में भी जाना जाता है, जिसमें एंटीऑक्सिडेंट्स के साथ पैक किया जाता है, जिसमें 8 मध्यम आकार के स्ट्रॉबेरी की सेवा

वाली विटामिन सी! में केवल 45 कैलोरी है, और विटामिन सी, 210 के लिए अमेरिकी अनुशंसित दैनिक भत्ता (आरडीए) का 140% पोटेशियम मिलीग्राम और लगभग 3 ग्राम फाइवर।

पकने की प्रक्रिया उस फल में होती है जिसके कारण उन्हें और अधिक खाद्य बनने का मौका मिलता है। मनुष्य के रूप में, संयंत्र हार्मोन रासायनिक यौगिक हैं जो कि विकास प्रक्रियाओं को विनियमित करने में मदद करते हैं। फल बढ़ता है क्योंकि हार्मोन इसकी कोशिश की दीवारों को अधिक लोचदार और विस्तारणी बनाते हैं! अन्य हार्मोन क्लोरोफिल को तोड़ते हैं, जिससे उज्जवल आकर्षक रंग विकसित होते हैं! हार्मोन रस की अम्लता को कम करते हैं और ऊतक में जटिल कार्बोहाइड्रेट को स्वीट सरल शर्करा में परिवर्तित करते हैं।

सामग्री

1. 3 औसत आकार वाले परिपक्स स्ट्रॉबेरी
2. 3 औसत आकार वाले स्ट्रॉबेरी
3. 3 औसत आकार वाले अति-परिपक्व स्ट्रॉबेरी
4. नल का पानी आधा कप

5. 2 छोटे, साफ प्लास्टिक के कप
6. 2 कप को मापने—1 चम्मच, 1 कप
7. कागज तौलिए (आपकी अन्य सामग्रियों को सुखाने के लिए उपयोग, संख्या बहुत हो सकती है)
8. डिश डिटर्जेंट के 2 चम्मच
9. नमक के 2 चम्मच
10. 1 कॉफी फिल्टर
11. शराब मलाई के 1/3 कप
12. लकड़ी की पप्सिकल स्टिक
13. 1 प्लास्टिक बैग

प्रायोगिक विधि

चरण 1—डीएनए एक्सट्रैक्शन तरल मिक्स करें

1. 1 कप प्लास्टिक कप लें और डिश डिटर्जेंट के 2 चम्मच मिक्स करें।
2. फिर धीरे-धीरे मिलाकर नमक के 1 चम्मच मिश्रण में लें!
3. आधा कप पानी और मिश्रण लेने के बाद!

चरण 2—डीएनए प्राप्त करें

1. स्ट्रॉबेरी लें और इसे अपने प्लास्टिक बैग में डालें।
2. अपने हाथ का उपयोग करते हुए, स्ट्रॉबेरी को मैश करना जब तक कि इसमें कोई बड़ी मात्रा न हो!
3. डीएनए निष्कर्ष तरल के 2 चम्मच जोड़ें।
4. कम से कम एक मिनट के लिए धीरे-धीरे एक लकड़ी की पुष्पछली स्टिक का प्रयोग करें और फिर बैठ जाएँ।

चरण 3—ठोस पदार्थों से तरल पदार्थ अलग करें

1. कॉफी फिल्टर लें और इसे एक अप्रयुक्त प्लास्टिक कप पर

कवर करें!

2. स्ट्रॉबेरी का मिश्रण डालो और इसे 30 सेकंड तक फिल्टर कर दें या जब तक तरल पदार्थ टपकता नहीं बन्द हो जाए!

चरण 4—डीएनए निकालें

1. इसके बाद, कप के किनारे को ठण्डे रगड़ शराब के बराबर मात्रा में डालना क्योंकि स्ट्रॉबेरी तरल है! मिश्रण या हलचल न करें!
2. कुछ ही सेकंड के भीतर स्ट्रॉबेरी परत के ऊपर की परत में एक सफेद बादल पदार्थ (डीएनए) के विकास की घड़ी करें!
3. कप को झुकाएँ और लकड़ी की चट्टान की घड़ी का उपयोग करके डीएनए उठाओ और उसे मापने के कप में डाल दें।

कदम 5—एक्सट्रैक्टेबल डीएनए की मात्रा की आकलन करें

1. रिकॉर्ड करें कि एक मापन कप का उपयोग करके मापने के कप में कितनी सफेद सामग्री दिखाई देती है।

6 कदम—स्ट्रॉबेरी के अन्य प्रकार के साथ दोहराएँ प्रक्रिया

1. सभी प्लास्टिक कप और अन्य सामग्रियों को पानी से अच्छी तरह से कुल्ला और सभी तमाम पेयों से सूखी सामग्री को संदूषण से बचने के लिए दवाएँ!
2. इस प्रक्रिया को अन्य प्रकार के स्ट्रॉबेरी के साथ दोहराएँ यह निर्धारित करने के लिए कि कौन डीएनए प्राप्त करने के लिए सबसे ज्यादा एक्टेक्टेबल है!

33

क्या पौधे रासायनिक उर्वरक में श्रेष्ठ रहते हैं?

उद्देश्य

पता लगाएँ कि पौधे रासायनिक उर्वरक, जैविक उर्वरक या कोई उर्वरक के साथ सभी में सबसे बढ़े हैं!

शोध प्रश्न

रासायनिक सामग्री हानिकारक है?

- क्या 'कार्बनिक' शब्द को बिल्कुल परिभाषित करता है? बढ़ने के लिए पौधों को पानी और धूप की आवश्यकता होती है इन्हें उर्वरक के साथ भी मदद की जा सकती है, जो आवश्यक पोषक तत्वों के साथ पौधों की आपूर्ति करती है। हालांकि, विभिन्न प्रकार के उर्वरक हैं, और कुछ मानते हैं कि उर्वरक बस आवश्यक है! इस प्रयोग में, हम दो अलग-अलग प्रकार के उर्वरकों की तुलना सामान्य जमीन से करेंगे!

सामग्री

- रासायनिक उर्वरक, जैसे कि चमत्कार-ग्रो
- कार्बनिक उर्वरक (पेलेटेड चिकन खाद, हड्डी का भोजन आदि)

- बीज (किसी भी तरह का, लेकिन इसे उसी प्रकार रखें)
- मिट्टी
- पौधे लगाने का गमला
- पानी
- सूरज की रोशनी
- शासक
- नोटों के लिए पेन और पेपर

प्रायोगिक विधि

1. एक ही स्रोत से मिट्टी के साथ तीन बर्तन भरें (दूसरे शब्दों में अलग-अलग जगहों से अपनी मिट्टी न लें)!
2. प्रत्येक छिद्र की मिट्टी में एक-डेढ इंच के बारे में एक छोटा छेद खोदो और प्रत्येक छेद में बीज डाल दिया! अन्दर बीज दफन और इसे एक पॅट दें!
3. बर्तन को उस उर्वरक के प्रकार के लेवल करें, जिसमें रासायनिक कार्बनिक या कोई भी नहीं है।
4. एक बर्तन और जैविक खाद को दूसरे में रासायनिक उर्वरक

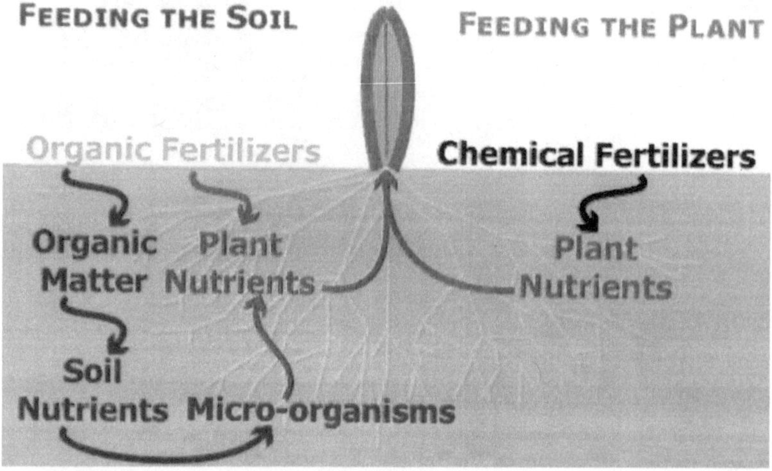

जोड़ें बर्तन की संख्या में कोई भी उर्वरक न लगाएँ।

5. पौधों को पानी और पर्याप्त धूप के साथ एक स्थान पर ले लो।
6. अंकुरण पर बीज की निगरानी करें! कौन पहले अंकुरित?
7. संयंत्र के दैनिक विकास की निगरानी करें। एक शासक का उपयोग करके, पौधे की ऊँचाई को मापें और इसके अलावा पौधे की समग्र स्थिति की जाँच करें जब तक यह वादित ऊँचाई तक पहुँच न जाए!

34

एंजाइम गतिविधि पर गर्मी का प्रभाव

सामग्री की उपलब्धता

अधिकांश उपकरण एक मानक रसोई में उपलब्ध है। उपभोग्य आपूर्ति किसी भी किराने की दुकान पर खरीदी जा सकती है। परियोजना को पूरा करने के लिए लगभग आवश्यक समय प्रोजेक्ट का पूरा प्रयोगात्मक भाग 1 घंटे के प्रीपेड समय और 1 घंटे का डेटा संग्रहण के साथ हो सकता है।

लक्ष्य

परियोजना गर्मी के प्रभाव की जाँच करती है—जैविक एंजाइमों की व्यवहार्यता पर तापमान बदलती रहना! बस, क्या तापमान पर एंजाइम काम करना बन्द करो? ठीक से तापमान को इंगित करने के लिए ताजा अनानास में एंजाइमों का अब काम नहीं है!

सामग्री और उपकरण/सामग्री

- ताजा (नहीं डिब्बाबन्द) अनानास, क्यूब्स में कटौती 1 × 1 इंच से बड़ा नहीं है
- जेलो, समय से पहले तैयार किया गया और फ्लैट स्लैब में कटौती, 2 × 2 इंच × 1/2 इंच

- कैंडी या मांस थर्मामीटर
- पानी/अनानास बिखंडू को गरम करने के लिए पॉट
- गर्म होने के बाद अनानास क्यूब्स लगाने के लिए 5-10 व्यंजन
- पर प्रयोग करने के लिए ट्रे (किसी भी पका रही ट्रे करेंगे) सभी सामग्री आपके रसोई घर में या किराने की दुकान में मिल सकती है।

परिचय

एंजाइम जीवन के 'कार्यकर्ता' अणु हैं। आपके शरीर में हर एक रासायनिक प्रतिक्रिया एक विशिष्ट एंजाइम द्वारा विनिमियत होती है।

एंजाइमों को ठीक से काम करने के लिए विशिष्ट परिस्थितियों की आवश्यकता होती है, और यदि इन स्थितियों में परिवर्तन हो तो नष्ट हो सकता है! तापमान स्थितियों में से एक है!

अनानास में एक एंजाइम के पास रासायनिक बांड को तोड़ने की अद्भुत क्षमता है, जो कि जेलों ठोस बनाता है—अगर ताजा अनानास जेल्लों पर रखा जाता है, तो वह इसे लिक्फिफ कर देगा जब आप ठोस जेल्लो सलाद में अनानास विखंडू मिलते हैं, तो वे ऐसा नहीं करते हैं, हालांकि—क्योंकि अनानास को जोड़ा गया था जब जेला अभी भी गर्म था, एंजाइमों की हत्या कर रहा था। सवाल यह है कि अनानास एंजाइमों को काम करना बन्द करने से पहले गर्म होने की आवश्यकता कितनी है?

शोध प्रश्न

- एंजाइम क्या है?
  क्या एंजाइमों को नष्ट कर सकता है?
- एंजाइम कैसे काम करते हैं?

होमियोस्टेसिस क्या है?

- एंजाइमों को काम करने के लिए किन स्थितियों की आवश्यकता है?
- सेल में एंजाइम कैसे बनाया जाता है?

  पृष्ठभूमि अनुसन्धान प्रारम्भ करने के लिए शर्तें, अवधारणाओं और प्रश्न एनजियम, होमोस्टैसिस, तापमान, वृद्धि, सेल्सियस, फारेनहाइट, डिग्री

मिडिल स्कूल के लिए

मूल डेटा सारणी, सी और एफ में तापमान की अवधारणा, जीवों में एंजाइमों की भूमिका, होमोस्टैटिस की मूल बातें (लैटिन में 'समान स्थिति')

हाई स्कूल के लिए

होमोस्टेसिस (अधिकतर तापमान और पीएच) की अधिक उन्नत अवधारणा, एंजाइमों का गठन और तह, इसका अर्थ है कि एंजाइम को 'विघटित करना'

प्रायोगिक विधि

1. जेलों के अपने पसंदीदा स्वाद का एक पैकेज तैयार करें
2. जेल्लो के आयाताकार स्लैब में कट कर,
3. ताजा अनानास को 1 क्यूब्स में कट करें (ध्यान दें—अनानास ताजा डिब्बाबन्द अनानास को पाश्चराइज किया जाना चाहिए, और प्रसंस्करण द्वारा किसी भी सक्रिय एंजाइम को मार दिया गया है)
4. ठण्डे नल के पानी के साथ एक बर्तन भरें! प्रारम्भिक तापमान लें और इसे रिकॉर्ड करें!

5. बर्तन में कम से कम 10 क्यूब्स अनानास डाल दीजिए।
6. कम गर्मी पर पॉट रखो! थर्मामीटर पर नजर के साथ, 5 डिग्री वेतन वृद्धि पर अनानास के क्यूब्स को हटा दें। पार-संदूषण से बचने के लिए अलग-अलग कटोरे में अनानास रखें।
7. जेलो के स्लैब पर अनानास के Cubed रखें और ध्यान दें कि जेलो अनानास के नीचे द्रव्यमान है। अपना डेटा रिकॉर्ड करें।
8. मिठाई का आनन्द लें! What kinds of water एंजाइम गतिविधि पर गर्मी का प्रभाव।

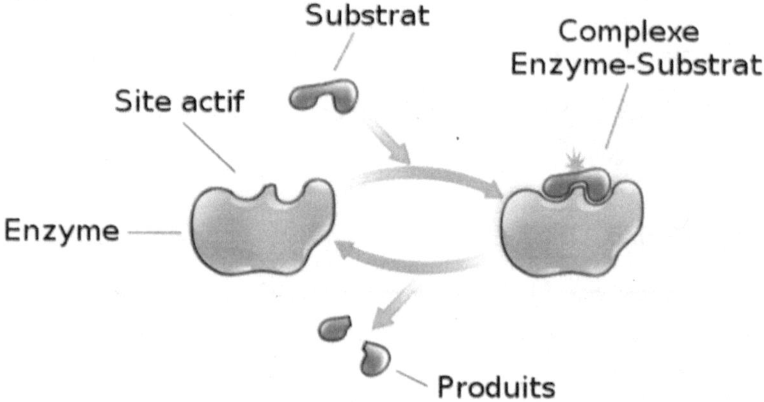

35

मैरीगोल्ड पौधों पर एसिड वर्षा का प्रभाव

उद्देश्य

इसका उद्देश्य जल के समाधान में वृद्धि हुई अम्लता का निर्धारण करना था जो विकास, फूलों और स्प्राउट्स और मैरीगोल्ड पौधों के स्वास्थ्य पर होता है, ताकि प्रभाव हमारे एसिड बारिश के बारे में हमारे पर्यावरण पर हो सकता है! अनुसन्धान ने मेरी परिकल्पना की कि पौधे की ऊँचाई में परिवर्तन प्रत्येक 1 पीएच स्तर के लिए नियन्त्रण से 25% कम हो जाएँगे, फूल अंकुरित वृद्धि प्रत्येक 1 पीएच परिवर्तन के लिए 10% कम हो जाएगा और संयंत्र के मनाया स्वास्थ्य में गिरावट होगी।

सामग्री और तरीके

पीएच 3.2 से पीएच 6.0 तक की अम्लता के भिन्न स्तर के साथ, छह अम्लीय पानी के समाधान को आसुत जल में सिरका जोड़कर बनाया गया था। समाधानों का उपयोग 2 9 समान मैरीगोल्ड पौधों (समान स्थितियाँ बनाने के लिए) को 10 दिनों के लिए 5 के समूहों में पानी के लिए किया जाता था। प्रत्येक दिन, पौधों की ऊँचाइयों को मापा गया, फूलों और अंकुरितों की संख्या की गणना की गई और पौधों की सामान्य टिप्पणियों की गणना की गई! स्वास्थ्य पूरा हो गया!

परिणाम—नियन्त्रण दर (पीएच 6) से वृद्धि दर, पीएच 5.5 में

8.3% की गिरावट शुरू हुई और पीएच 3.2 में 1252.8% की दर से समाप्त हो गई। फूलों की संख्या में परिवर्तन बढ़ गया है, फिर पीएच 3.75 से नीचे गिरावट आई है, जिससे पीएच 6 से पीएच 6 में पीएच 3.2 में 34.37% की कमी आई है। पीएच 6 की तुलना में पीडब्ल्यू 6 की तुलना में कलियों या अंकुरितों की संख्या में पीएच 5.5 से 26.7% की गिरावट आई और पीएच 3.2 में 475% की गिरावट आई। कलियों/अंकुरित और फूलों में वृद्धि का संयोजन, पीएच 5.5 की तुलना में कम पीएच 6 की तुलना में विकास में गिरावट आई थी। पीएच 3.3 में पीएच 4.3 से 298% तक की गणना 66.7% की गिरावट आई है। उच्च अम्लता का स्तर पौधों की अस्वास्थ्यकर उपस्थिति के कारण पीएच 4.3 और उसके बाद की पीएच 4.3 से पहले और अधिक अम्लता के साथ होता है, जिसके परिणामस्वरूप पीएच 3.2 के साथ दिन 4 होता है। बढ़ती अम्लता का पौधों के स्वास्थ्य और विकास पर नकारात्मक प्रभाव पड़ा। विकास दर और फूलों की दर और अंकुर वृद्धि संयुक्त रूप से गिरावट आई है! पौधों

के मनाया स्वास्थ्य तुरन्त गिरावट आई है। अंकुर वृद्धि संयुक्त रूप से गिरावट आई है। पौधों के मनाया स्वास्थ्य तुरन्त गिरावट आई है।

निष्कर्ष/चर्चा

बढ़ती अम्लता का पौधों के स्वास्थ्य और विकास पर स्पष्ट रूप से नकारात्मक प्रभाव पड़ा। विकास दर में गिरावट आई और फूलों की दर और अंकुर वृद्धि संयुक्त रूप से घट गई। पौधों के मनाया गया स्वास्थ्य तत्काल एसिड समाधान के अलावा के साथ गिरावट आई है। पौधों पर अम्ल वर्षा का प्रभाव तुरन्त जनता को सूचित किया जाना चाहिए ताकि हम समाधान को लागू कर सकें या व्यवहार को रोक सकें जो कि हमारी धरती को बचाएगा!

सारांश विवरण

अम्ल वर्षा से पौधों के स्वास्थ्य पर हानिकारक प्रभावों को दोहराने के लिए, मैंने विभिन्न क्षेत्र के पानी के समाधानों को अम्लता के विभिन्न स्तरों के साथ दोहराया और 10 दिनों से अधिक पौधों में उन्हें जोड़ा, जिससे विकास दर, फूलों की दर और अंकुर विकास हो और पौधों के स्वास्थ्य को देखते हुए वृद्धि की अम्लता के स्तरों में गिरावट आई है! परियोजन को प्राप्त करने में सहायता प्राप्त करें—मेरी माँ ने मुझे सिखाया कि कैसे एक्सेल में ग्राफिंग सुविधा का उपयोग करना है, लेकिन मैंने सभी इनपुट स्वरूपण और विश्लेषण किया है!

प्रकार

पृथ्वी विज्ञान

सुरक्षा के मुद्दे

कोई नहीं

परियोजना को पूरा करने का समय

दस महीने

इस प्रयोग का उद्देश्य यह जानना था कि एसिड बारिश पौधों के विकास और स्वास्थ्य को कैसे प्रभावित करती है। मुझे इस प्रयोग में दिलचस्पी मिली जब मैंने स्कूल में पर्यावरण के विषयों के बारे में एक फिल्म देखी! मैंने पर्यावरण के विषयों के बारे में ऑनलाइन शोध किया और एसिड बारिश। मैंने तेजी से बढ़ते हुए फूलों को पौधों के शोध के लिए मैरीगोल्ड पौधों पर परीक्षण करना चुना! इस प्रयोग से जानकारी को लोगों को कायेला जलने वाले कारखानों, बिजली स्टेशनों, परिवहन और भट्टियों से वायु प्रदूषण को रोकने के महत्व को समझने में मदद मिलेगी!

सामग्री और उपकरण

- आसुत जल, बोतल बन्द (3 गैलन)
- 32 एफएल ओज/473 मिलीलीटर सफेद सिरका
  पीएच परीक्षण के 2 वृद्धि के साथ 2.0 और 7.0 के बीच या वैज्ञानिक पीएच मीटर के बीच कम से कम 2 के छोटे वेतनमान के साथ पीएच परीक्षण स्ट्रिप्स (मैं www.ardsci.com पर वार्ड के प्राकृतिक विज्ञान में पीएच स्ट्रिप्स खरीदे, सूची #15V3152और # 15V31531)
- मैरीगोल्ड प्लांट–29 (1 फ्लैट), 10-20 सेमी ऊँचाई (एक ही पॉटिग मिट्टी के समान, एक ही आकार और एक ही निर्माता)!
- शासक 30 सेंटीमीटर माप के साथ
- विभिन्न अन्तरालों पर पौधों की तस्वीरें लेने के लिए डिजिटल कैमरा का रंग!
- पॉटिंग मिइल, 16 क्वार्ट मास्टर माली ऑल-पर्पज आर्गेनिक

पोटिंग मिट्टी

- प्लास्टिक कप, 8 ऑउंस (1 कप या 250 मिलीलीटर)
- 500 मिलीलीटर या 2 कप मापने वाला कप
- 6 बड़े 48 ऑउंस (6 कप/1500 मिलीलीटर) ल्यूड्स के साथ पुनः प्रयोज्य प्लास्टिक कंटेनरों
- मेडिकल ड्रॉपर 1 मि.ली./1 मि.ली. की वृद्धि की साथ 1 मि.ली.
- सरगर्मी (5 मिली.) के लिए स्वच्छ धातु की चम्मच
- दस्तावेज परिणामों में लिखित कागज के साथ लैब नोटबुक
- स्थायी मार्कर
- कागजी तौलिए
- तस्वीरों में इन्हें पहचानने के लिए संयंत्र के नम्बरों को लिखने के लिए इंडेक्स कार्ड
- परिणामों को रिकॉर्ड करने के लिए पेंसिल या पेन
- घंटे और मिनट का संकेत
- कम्प्यूटर (एक वर्ड प्रोफेसर और स्प्रैडशीर प्रोग्राम के साथ) और प्रिंटर रिपोर्ट लिखने और परिणाम प्रिंट करने के लिए।
- स्थान जो सभी पौधों के लिए सुसंगत धूप और कमरे में हो।
- घर थर्मामीटर। डिग्री वेतन वृद्धि में डिग्री का संकेत दे रहा है।

परिचय

अम्लीय पानी के समाधान और टी पर उनके प्रभाव पर मेरा शोध

परियोजना को पूरा करने के लिए लगभग आवश्यक समय

एक-दो महीने यह निर्धारित करने के लिए कि पौधों को मिट्टी में

या मछली के तालाबों में बेहतर बढ़ना चाहिए! इस प्रयोग का उद्देश्य दो अलग-अलग स्थितियों में लेट्टस पौधों को विकसित करना है यह निर्धारित करने के लिए कि पौधों को मिट्टी में या पानी में अधिक तेजी से बढ़ाना है या नहीं! बीज दोनों माध्यमों में शुरू किया जाएगा और वृद्धि की दर पौधे स्वास्थ्य और पत्तियों की संख्या में दैनिक मापा जाएगा!

- 2 20 गैलन प्लास्टिक के टब
- 10-15 फीडर गोल्डफिश
- स्टायरोफोम
- सलाद के बीज
- कागजी तौलिए
- मछली का खाना

कई हजारों सालों से जलीय कृषि और कृषि मानव समाज का एक महत्वपूर्ण हिस्सा रहे हैं। इन दोनों प्रौद्योगिकियों की जोड़ी, जिसे जलीय कृषि कहा जाता है, वे हाल ही में कई द्वीप राष्ट्रों पर गति प्राप्त की है जहाँ भूमि दुर्लभ है! किसान फसलों के साथ सहजीव में एक मछली मछली जैसे कि टिलिपिया या कैटफिश विकसित होते हैं एक 1500 लीटर टैंक और 20 वर्ग मीटर का रोपण सतह की सतह से एक छोटी-सी प्रणाली 15 किलोग्राम मछली और प्रति माह 100 किलोग्राम सब्जियाँ पैदा कर सकती है। कई गरीब देशों के लिए जहाँ कुपोषण अक्सर एक गम्भीर मुद्दा है, इन प्रणालियों की शुरुआत स्वास्थ्य में काफी सुधार कर सकती है और जीवन प्रत्याशा में वृद्धि कर सकती है! अगर यह साबित किया जा सकता है कि एक्वैनिक सिस्टम पौधों की वृद्धि और सब्जी उत्पादन को काफी बढ़ावा देते हैं, तो किसानों को यह सिखाया जा सकता है कि सिस्टम को अपने वर्तमान खेती के तरीकों में कैसे शामिल किया जाए और विश्व खाद्य उत्पादन बढ़ सकता है, दुनिया के ई्ई हिस्सों में सम्भावित अकाल को बचा सकता है।

- मत्स्य पालन
- कृषि
- हीड्रोपोनिक्स
- aquaponics
- स्थिरता
- जैविक खाद्य पदार्थ
- उर्वरक
- विघटित टोस पदार्थ
- नाइट्राइट चक्र
- पौधों को पोषक तत्वों के पोषण करने की जरूरत है?
- जलीय पौधों को पोषक तत्वों को जंगली की जरूरत कैसे मिलती है?
- हाइड्रोपोनिक कृषि कैसे काम करती है?
- तालाब के मत्स्य पालन तन्त्र को कैसे बनाए रखा जाता है,
- दीर्घकालिक उत्तरजीविता वाले मनुष्यों के लिए स्थायी कृषि महत्वपूर्ण क्यों है?
- नाइट्राइट चक्र केसे मछली को प्रभावित करता है?

प्रक्रिया

1. एक प्लास्टिक टब को साफ पानी से भरें (न तो टैक्नोलॉजी में पाए जाने वाल`क्लोरिन और अन्य हानिकारक रसायनों को निकालने के लिए अधिमानतः या आसुत या वातानुकूलित)।
2. बगीचे से मिट्टी या मिट्टी को मिटाने के साथ दूसरी प्लास्टिक की टब भरें।
3. पानी के साथ टब में 10-15 फीडर गोल्डफिश रखें। मछली को एक सप्ताह के बारे में 'चक्र' पानी की आवश्यकता होगी। इस समय के दौरान उम्मीद है कि मछली का 25-75%

मर जाएगा जब आप सिस्टम में मछली जोड़ते हैं, तो आप अपने बीज शुरू कर सकते हैं, पहले सप्ताह के अन्त तक पानी में बहुत कम पोषक तत्व होंगे। यह अनुशासन की जाती है कि आप इस समय के बाद अपने बीज शुरू करें!

4. मछली के भोजन पर दिए गए निर्देशों का पालन करते हुए रोजाना मछली फीड करें।
5. स्टायरोफोम के टुकड़े में 10 इंच के आकार का छेद दो इंच के अलावा!
6. दस तख्ते में पेपर तौलिया को फाड़ दें।
7. छेद में से एक के माध्यम से पानी में एक पट्टी के 1/4 सिंक अन्य छिद्रों में अन्य कागज के तौलिए के लिए दोहराएँ!
8. स्टायरोफोम के ऊपर प्रत्येक कागज के तौलिए फ्लैट को बाकी रखें!
9. कागज के तौलिए पानी को जलते हुए अन्त के माध्यम से भिगो देंगी और गीली हो जाएँगे!
10. प्रत्येक तौलिए पर एक सलाद के बीज रखें!
11. पौधे 10 बीज 2 इंच के अलावा 1/4 इंच मिट्टी में गहरी और पानी धीरे से नल के पानी के साथ।
12. मिट्टी में जल पौधों को दैनिक! निषेचन न करें।
13. पौधों की वृद्धि दर को मापें, जैसे चार्ट्स का उपयोग करें जैसे कि नीचे वाले।
14. यह निर्धारित करने के लिए कि क्या पौधे पानी या मिट्टी में अधिक तेजी से बढ़ते हैं, प्रत्येक समूह से औसत वृद्धि दर की तुलना करें!

36

स्वस्थ गम

चबाने वाली गम स्वादिष्ट और मजेदार है कोशिश करने के लिए इतने सारे अलग-अलग ब्रांड और फ्लेवर हैं। लेकिन आपके दाँतों पर इसका क्या प्रभाव पड़ता है? आपने शायद सुना है कुछ लोगों का कहना है कि चबाने वाली गम अपने दाँतों को साफ रखने में मदद करता है आपने शायद यह भी सुना है कि दूसरों का कहना है कि सटीक विपरीत। हम इस समस्या को कैसे हल करेंगे? हम एक प्रयोग करने जा रहे हैं।

सामग्री

- 9 स्वयंसेवक
- 1 एप्पल, 9 स्लाइस में कटौती
- 3 कप
- टकसाल–स्वादिष्ट गम
- दालचीनी–स्वादिष्ट गम
- फलों के स्वाद वाले गम
- पानी
- स्मरण पुस्तक
- कलम
- 9 पूर्व तैयार पेट्री व्यंजन अगर साथ

- सूती फाहा
- लेबल
- टाइमर या स्टॉपवॉच
- कैमरा

प्रक्रिया

1. प्रत्येक स्वयंसेवक को सेब का एक टुकड़ा खाने के लिए निर्देश! यह मुँह पर चीनी का परिचय देना है।
2. जब वे समाप्त हो जाते हैं, तो प्रत्येक स्वयंसेवक टकसाल गम की छड़ी को 5 मिनट के लिए चबाएँ!
3. धीरे से प्रत्येक स्वयंसेवक की तलम गम लाइन को एक कपास झाड़ू के साथ लगभग पाँच गुना पोंछते हैं! सुनिश्चित करें कि आप प्रत्येक स्वयंसेवक के लिए एक ही गम लाइन क्षेत्र से अपना नमूना लेते हैं संगतता महत्त्वपूर्ण है!
4. प्रत्येक कपास झाड़ू की सामग्री को अपनी पेट्री डिश में फैलाएँ।

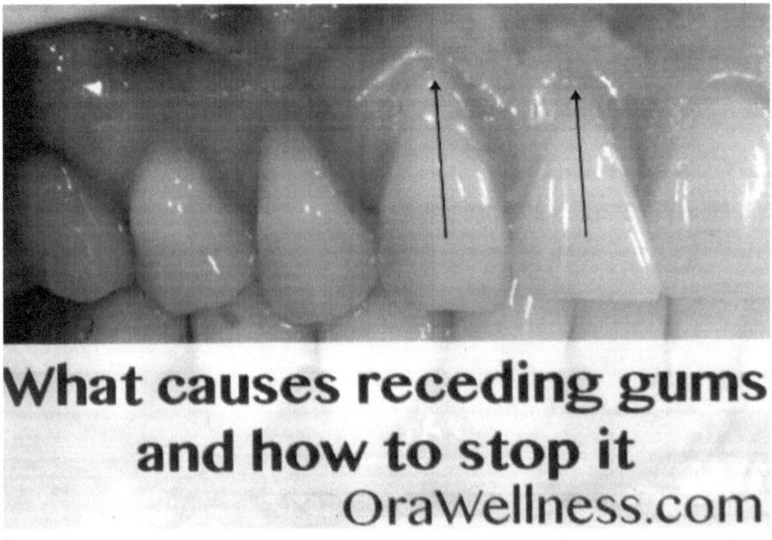

5. इन तीन पेट्री व्यंजन 'टकसाल' लेबल करें।
6. दालचीनी और फलों के स्वाद वाले गम के लिए चरण 1 से 5 दोहराएँ, प्रत्येक बार तीन नए स्वयंसेवकों का उपयोग करें! पेटू डिब्बे को लेबल के अनुसार लेबल करें!
7. पेट्री डिशें रात्री में एक अँधेरे क्षेत्र में बैठे!
8. आपको कौन-सा गम लगता है कि दाँतों को सबसे अच्छे से साफ किया जाएगा? आप नोट लिखिए, जिसे आपकी नोटबुक में भी एक अवधारणा कहा जाता है!
9. पेट्री की जाँच करें निम्नलिखित सुबह बर्तन।
10. अपने पेट्री डिश का फोटो लें और अपनी नोटबुक में प्रत्येक डिश के रोगाणु विकास का वर्णन करें!

परिणाम

फल गम ने सबसे रोगाणु विकास का कारण होगा। मिंट गम के कारण कम रोगाणु विकास हो! दालचीनी के कारण रोगाणुओं की कम मात्रा में वृद्धि होगी!

क्यूँ कर?

वैज्ञानिकों ने यह साबित किया है कि गम चबाने से हमारे दाँतों से वैक्टीरिया को दूर करने में मदद मिल सकती है क्योंकि चबाने वाली गम से घर्षण कई रोगाणुओं को बन्द कर देता है! हालाँकि यह कभी भी सभी मुँह के बैक्टीरिया से छुटकारा नहीं पा सकता है। चीनी जीवाणुओं के लिए भोजन की तरह है—गम में अधिक चीनी, मुँह के जीवाणुओं को और भी अधिक उगाना पड़ेगा! फल स्वाद और अन्य मीठा चबाने वाले मसूड़ों से कुछ बैक्टीरिया निकल सकते हैं, लेकिन मुँह में अपने बैक्टीरिया के विकास की वजह से उनकी उच्च शर्करा सामग्री की वजह से पैदा हो सकता है। मिंट-स्वाद वाले मसूड़ों की

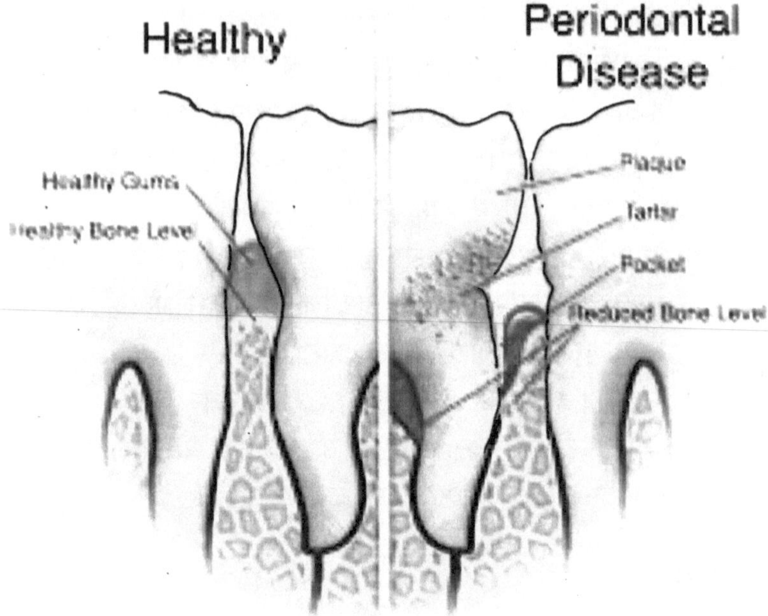

दाँतों की सफाई की औसत मात्रा होती है क्योंकि आमतौर पर फल मसूड़ों की तुलना में कम चीनी होती है। लेकिन दालचीनी-स्वादिष्ट गम दाँतों को साफ करने में सबसे अच्छा क्या है? दालचीनी वैज्ञानिक रूप से एक प्राकृतिक रोगाणु हत्यारा साबित हुई है चाहे गम में दालचीनी तेल, दालचीनी का स्वाद या वास्तविक दालचीनी एक घटक के रूप में हो, सिन्मोन स्वाद वाले गम मुँह से बैक्टीरिया को साफ करने में उत्कृष्टता देता है! यदि आप गम के अलावा अन्य पदार्थों की कोशिश करते हैं तो क्या होगा? या उन्हें तरल पदार्थ के साथ बदल दिया? आप निर्माण में एक वैज्ञानिक बनने के अपने रास्ते पर अच्छी तरह से कर रहे हैं। प्रयोग करना जारी रखें!

37

स्वाद तलाश रहा है : मीठा, खट्टा, नमकीन और कड़वा

लक्ष्य

युवा बच्चों को जागरूक किया जाएगा और उन्हें चार बुनियादी स्वादों का अनुभव करने का मौका मिलेगा—मीठा, खट्टा, नमकीन और कड़वा।

शोध प्रश्न

क्या आप चार मूल स्वादों की पहचान कर सकते हैं—मीठा, खट्टा, नमकीन और कड़वा? क्या आप विभिन्न प्रकार के खाद्य पदार्थों में इन स्वादों को पहचान सकते हैं? (यह पाँच इन्द्रियों पर एक बड़ी परियोजना के लिए एक अच्छा 'स्वाद' घटक बनाता है।)

सामग्री

यदि एक से अधिक बच्चे परियाजेना में भाग लेते हैं तो राशि भिन्न होगी। नीचे दिए गए सामग्रियाँ सुझाव है, जैसा कि आप फिट देखिए विकल्प युक्त भोजन

- बारह छोटे कंटेनरों
- एक चम्मच चीनी का

- एक टकसाल कैंडी
- एक चम्मच शहद
- एक नींबू कील
- एक आचार
- सादे दही के एक चम्मच
- एक चम्मच नमक
- एक नमकीन आलू का चिप्स
- एक प्रकार का पनीर
- अनमोल बेकर के चॉकलेट का एकस
- एक चम्मच डीकफ कॉफी
- अंगूर छिलका का एक टुकड़ा

प्रायोगिक विधि

1. प्रत्येक छोटे कंटेनर में एक खाद्य वस्तु रखो!
2. एक टेबल पर सभी कंटेनरों को रखें।
3. चीनी स्वाद यह प्रिय है।
4. नींबू को स्वाद दें यह sour है!
5. नमक स्वाद। यह सैली है।
6. बेकर की चॉकलेट को स्वाद दें यह पतला है।
7. ये चार बुनियादी स्वाद हैं—मिठाई, खट्टा, नमकीन और कड़वा।
8. अब अन्य सभी खाद्य पदार्थों का स्वाद लें और यह तय करें कि उपरोक्त चार स्वादों में से यह सबसे अधिक पसन्द है! खाद्य पदार्थों को एक-दूसरे के बगल में इसी तरह के स्वाद के साथ रखें (आप शायद तीनों तीन खाद्य पदार्थों के साथ आ जाएँगे—तीन मिठाई चीजें, तीन खट्टा चीजें, तीन नमकीन चीजें और तीन कड़वी चीजें! यदि नहीं, तो ठीक है, महत्वपूर्ण बात यह है कि आप स्वाद की भावना की खोज कर रहे हैं)

9. सभी स्वाद इस स्वाद के कुछ संयोजन से बने होते हैं। अन्य खाद्य पदार्थों को चखने का प्रयास करें आप उन बारहों में से किस स्थान पर रहेंगे जिन्हें आपने शुरू किया था?

38

बेस्ट फर्टीलाइजर : फर्टीलाइजर ऑन प्लांट ग्रोथ पर प्रभाव

पौधे के रसोई घर में क्या खाना पक रहा है? अपने पौधों को कुछ खाने को यह देखना है कि किस प्रकार वे सबसे अच्छे लगते हैं और पौधे के विकास पर उर्वरकों के प्रभाव का निरीक्षण करते हैं।

सामग्री

- 12 बीन बीज
- 4 छोटे बर्तन
- गमले की मिट्टी
- 3 जैव उर्वरक चिपक जाती है
- चेहरे का नकाब
- हथौड़ा
- पुरानी पैन
- पुरानी चाय तौलिया
- 1 बड़ा चम्मच पानी
- स्थायी मार्कर
- कप
- शासक
- स्प्रे मिस्टर

प्रक्रिया

1. सबसे पहले चार छोटे बर्तनों में मिट्टी को पॉटिंग करना। सुनिश्चित करें कि आपके पास प्रत्येक बर्तन में समान मात्रा में मिट्टी है!
2. प्रत्येक बर्तन में तीन सेम के बीज रखें! सुनिश्चित करें कि प्रत्येक बर्तन में मिट्टी नम है!
3. पहले बर्तन 'नियन्त्रण' लेबल करें यह बर्तन किसी भी उर्वरक नहीं मिलता है।
4. अन्य तीन बर्तनों के लिए उर्वरक बनाने के लिए, अपना चेहरा मुखौटा डाल दिया और एक पुराने पैन में इनडोर पौधों के उर्वरक की एक छोटी-सी छड़ी डाल दीजिए!
5. शीर्ष पर एक पुरानी चाय तौलिया रखें!
6. अपने हथौड़ा के साथ छड़ी पाउंड जब तक यह एक पाउडर है! पाउडर को अलग रखो।
7. उर्वरक की दूसरी छड़ी के साथ एक ही बात करो! पाउडर को एक छोटे से कप में डालकर पानी के एक बड़े चम्मच के साथ इस उर्वरक को मिलाएँ।
8. अन्य तीन बर्तन 'तरल', 'ठोस' और 'पाउडर' लेवल करें

पहले बर्तन में तरल उर्वरक को रखें, दूसरे पॉट में उर्वरक की एक ठोस छड़ी रखें और तीसरे बर्तन में मिट्टी के ऊपर पाउडर उर्वरक रखें!

9. अब अपने बींस बढ़ो देखो! 4 दिनों के बाद ध्यान से उस बर्तन को खाने के बिना बर्तनों को हटा दें जिससे कि जिस बर्तन से बीज उत्पन्न हो!
10. प्रत्येक बीज के अंकुर की लम्बाई को मापने के लिए एक शासक का उपयोग करें! क्या बर्तन सबसे लम्बे समय तक स्प्राउट्स के साथ बीज का उत्पादन किया?
11. यदि आप चाहें तो बीज की जगह और कई दिनों के लिए अपने अवलोकन को जारी रखें!

परिणाम

तरल उर्वरक सबसे अच्छा उर्वरक हैं–पौधों को तरल उर्वरक प्राप्त करने का सबसे अच्छा बढ़ता है!

क्यूँ कर?

बस लोगों की तरह पौधों को पौधों की जरूरत होती है। एक विशिष्ट उर्वरक में आपके बहुत सारे नाइट्रोजन, फास्फोरस और पोटेशियम मिलेंगे! ये प्राथमिक पोषक तत्व पौधों को नस कोशिकाएँ विकसित करने में मदद करते हैं और कई लोग अलग-अलग विकास और खाद्य उत्पादन प्रक्रियाओं को सक्षम करने में सक्षम होते हैं! यदि आप एक अच्छी गुणवत्ता वाले उर्वरक चुनते हैं, तो इसमें कई अन्य पोषक तत्व शामिल होंगे, जिनमें कैल्शियम, मैग्नीशियम और सल्फर जैसे माध्यमिक पोषक तत्व शामिल होंगे! कैल्शियम पौधों की जड़ें बढ़ने में मदद करता है और सीधे ऊपर खड़े हो जाते हैं। मैग्नीशियम पौधों को क्लोरोफिल बनाता है, जो पौधों को प्रकाश संश्लेषण के माध्यम से भोजन करने में

मदद करता है! सल्फर विभिन्न प्रोटीन और पौधों एंजाइम का एक महत्त्वपूर्ण हिस्सा है। पौधों को बोरान, ताँबे, लोहा, क्लोराइड, मैगनीज, मोलिब्डेनम और जस्ता जैसे बहुत ही छोटे-छोटे तत्त्वों की भी जरूरत होती है! तरल उर्वरक के पानी में निलम्बन में आयोजित उर्वरकों के छोटे टुकड़े हैं! उर्वरक को एक तरल आधार में रखने से उस उर्वरक की मात्रा मिट्टी के बीज से बढ़ जाती है! यह पौधे को पोषक तत्वों के आसपास रखने में भी मदद करता है!

इसके बारे में इस तरह सोचें—हमारे शरीर में पानी हमें पोषक तत्वों को स्थानान्तरित करने में मदद करता है और पौधों के लिए भी जाता है। पौधों को पौधों में मिट्टी से पोषक तत्वों को स्थानान्तरित करने के लिए पानी की आवश्यकता होती है! असमय एक प्रक्रिया है जिसमें पोषक तत्व उच्च एकाग्रत के क्षेत्रों में कम एकाग्रत के क्षेत्रों से आगे बढ़ते हैं! यह प्रक्रिया पोषक तत्वों को मिट्टी से एक संयंत्र की जड़ों के केन्द्र में ले जाने की अनुमति देती है जहाँ अधिक पोषक तत्व होते हैं। एक बार पानी और पोषक तत्व पौधों के xylem ऊतक के अन्दर होते हैं तो xylem एक ट्यूब के रूप में कार्य करता है जो पानी और पोषक तत्वों को स्टेम में भेजता है! पानी के अणु एक दूसरे के साथ जोड़ता है जो एक प्रक्रिया के माध्यम से आसंजन कहते हैं और अणुओं को एक साथ चिपकाते हुए वे पौधे के माध्यम से आगे बढ़ते हैं! पानी एक लम्बे, संयोजी स्तम्भ बन जाता है और जैसा कि पौधे के पौधों के पानी के बाद पानी निकलता है, पोषक तत्वों का पानी का एक नया बैच ऊपर की तरफ बढ़ जाता है!

पानी और पोषक तत्व हाथ में हाथ होते हैं निलम्बन में मिट्टी के माध्यम से जाने के लिए पोषक तत्वों की अनुमति देने से उन पोषक तत्वों को अधिक आसानी से स्थानान्तरित करने में मदद मिलती है और इससे पौधों को उन पोषक तत्वों का उपयोग करने में मदद मिलती है!

39

अँधेरे में बढ़ रहा है : पौधे और प्रकाश

पौधे और प्रकाश अच्छे दोस्त होने लगते हैं, लेकिन दोस्ती वास्तव में कितनी दूर हो जाती है? जबकि बहुत सारे पौधे गर्म धूप वाले आकाश के नीचे खुशी से उगते हैं, लेकिन सूर्य के प्रकाश को विकास और स्वास्थ्य के लिए आवश्यक नहीं हो सकता है! क्या आपको लगता है कि आप अँधेरे में एक पौधे विकसित कर सकते हैं? यह सरल और मजेदार प्रयोग करके यह पता लगाने की कोशिश करें कि एक संयंत्र के लिए कितना महत्वपूर्ण है या महत्वहीन!

सामग्री

- छह बीन बीज
- छह बर्तन
- प्लांअट स्प्रेयर
- गमले की मिट्टी
- शेल्फ
- अलमारी
- शासक
- स्मरण पुस्तक
- पेंसिल
- बढ़ो प्रकाश (वैकल्पिक)

प्रक्रिया

1. प्रत्येक बर्तन को मिट्टी भरकर भरें!
2. प्रत्येक बर्तन में एक बीन बीज बजाओ! सुनिश्चित करें कि आप प्रत्येक बीज को मिट्टी के उथले परत के साथ धीरे से कवर करते हैं!
3. तीन बर्तन बाहर एक जगह है कि बहुत सारी धूप प्राप्त करता है में जगह है! यदि मौसम बहुत तूफानी या घटाटोप है, तो रोशनी बढ़ने के तहत बर्तनों की स्थिति बनाएँ!
4. एक अँधेरे अलमारी में शेष तीन बर्तन रखें!
5. क्या आपको पौधों और प्रकाश के बारे में पता है के बारे में सोचो आपको लगता है कि पौधों को प्रकाश की आवश्यकता क्यों नहीं हो सकती है? आपको ऐसा लगता है कि वे इसके बिना ऐसा कर सकते हैं?
6. इस प्रयोग के प्रश्न को याद रखें—क्या पौधों को बढ़ने की

 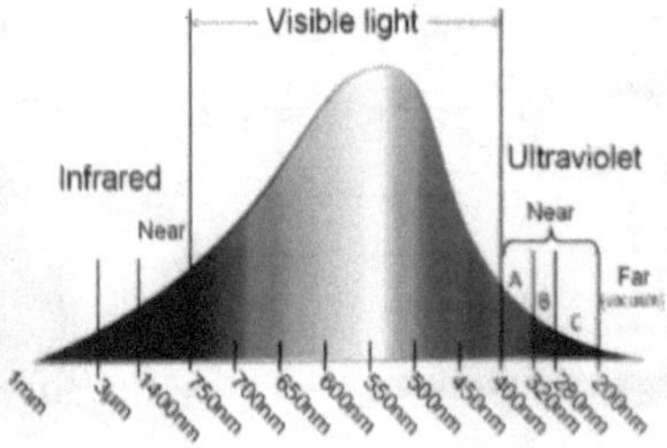

आवश्यकता होती है? अपनी नोटबुक लिखें, जिसे अक्सर अपनी नोटबुक में एक अवधारणा कहा जाता है।

7. अपने सभी पौधों को धीरे-धीरे मिस्टर के साथ स्प्रे करें।
8. अब यह इन्तजार करने का समय है। सर्वोत्तम परिणाम प्राप्त करने के लिए आप कम से कम तीन सप्ताह के लिए अपने बीज का निरीक्षण करना चाहेंगे! सुनिश्चित करें कि आप मिस्टर का हर दो दिन का उपयोग करें।
9. प्रत्येक सप्ताह के अन्त में अपने प्रत्येक बर्तन पर करीब से देखो! नीचे लिखे जो आप अपनी नोटबुक में देखते हैं!
10. एक बार पूरे तीन सप्ताह बीत चुके हैं, तो अपने नोट्स के माध्यम से पढ़ें। क्या प्रकाश की अनुपस्थिति में कोई फर्क पड़ता है?

परिणाम

अलमारी में बीज, प्रकाश से दूर, बढ़ने नहीं होगा। केवल पौधों की प्रकाश प्राप्त होगा अंकुर

क्यूँ कर?

पौधों को प्रकाश की आवश्यकता होती है—वे इसके बिना जीवित नहीं रह सकते। प्रकाश प्रकाश संश्लेशण का एक बहुत

महत्त्वपूर्ण हिस्सा है, प्रक्रिया पौधों कार्बन डाई ऑक्साइड और पानी को भोजन में परिवर्तित करने के लिए उपयोग करते हैं। प्रकाश के बिना प्रकाश संश्लेषण ठीक से काम नहीं कर सकते हैं और प्रकाश संश्लेषण के बिना पौधों को उन सभी खाद्य पदार्थों को नहीं मिलता है जिनके लिए वे स्वस्थ और मजबूत होते हैं। याद रखने के लिए एक अच्छी टिप? पौधों को हमेशा तीन चीजों की उपस्थिति की आवश्यकता होती है—पानी, गर्मी और प्रकाश ऐसा नहीं कहने के लिए कि सभी पौधों को सटीक समान स्तर या प्रकाश के प्रकाश की आवश्यकता होती है। कुछ पौधों को बहुत गर्म धूप की आवश्यकता होती है, लेकिन कुछ शान्त प्रकाश के कुछ घंटों के साथ ठीक है। क्या आपको लगता है कि आप पा सकते हैं कि कौन-सी पौधे गर्मी से प्यार करती हैं और इसके बिना कौन ठीक है? पौधों और प्रकाशों के अध्ययन के नए तरीकों के साथ एक और बढ़ती प्रयोग का प्रयास करें और खेलते रहें! अनुमान लगाने और अपने विचारों का परीक्षण करना एक वास्तविक वैज्ञानिक होने का एक बड़ा हिस्सा है।

40

गर्म बर्फ की मूर्ति में हाथ वार्मर की ओर मुड़ते हुए

उद्देश्य

यह प्रयोग रासायनिक प्रतिक्रिया की एक ग्राफिक चित्रण प्रदान करता है जो आपके हाथों को गर्म करने पर सक्रिय होता है।

शोध प्रश्न

- हाथ से गर्मियों में क्या है?
- हाथ से गरमागरम काम कैसे करते हैं?
- थी प्रयोग में 'गर्म बर्फ' क्यों होता है?
- हाथ से गरम करने वाले एक ठण्ड दिन पर तुरन्त गर्मी प्रदान करते हैं! वे मूर्तिकला बनाने के लिए भी उपयोगी हैं।

सामग्री

- पाँच पुनः प्रयोज्य हाथ वार्मर्स
- कैंची
- प्लेट
- बोतल

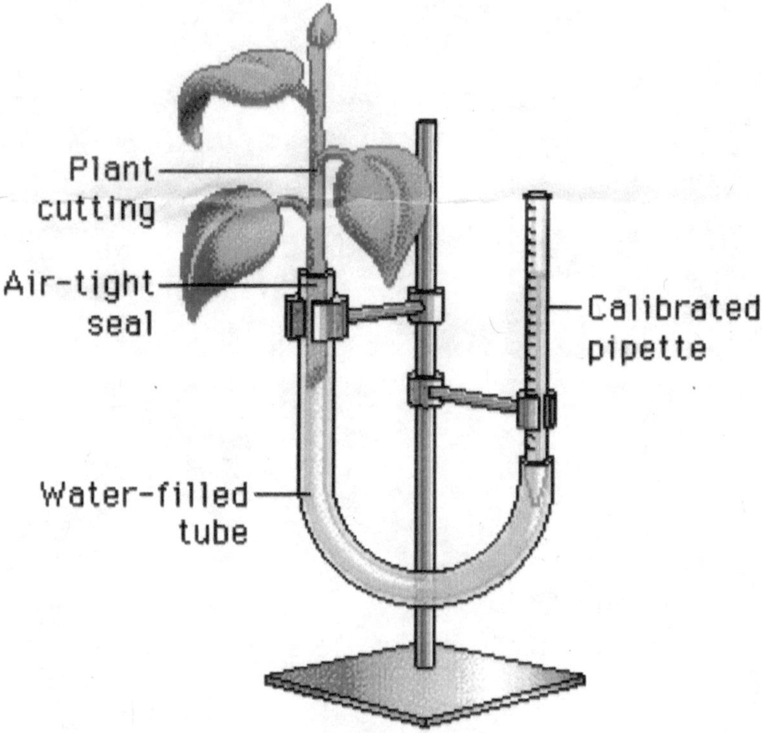

Potometer

प्रायोगिक विधि

1. एक हाथ wormers सक्रिय करें!
2. जब यह सफेद हो जाता है और गर्मी बन्द कर देना बन्द हो जाता है, तो उसे काटकर खोलें और एक क्रिस्टल को हटा दें!
3. एक प्लेट पर क्रिस्टल रखें।
4. कटौती अन्य चार हाथ wormers खोलें और बोतल में अपनी सामग्री डालना।
5. क्रिस्टल पर बोतल की सामग्री को ध्यान से डालें। प्रभाव देखें देखा! आप एक आधुनिक कलाकार हैं।

शर्तें/अवधारणाओं—एक्सओथेरमिक, एंडोथर्मीक, रासायनिक उदाहरण वाष्पीकरण प्रयोग

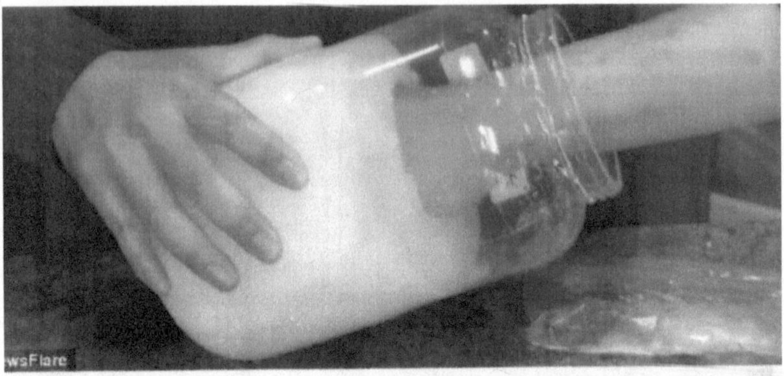
wsFlare

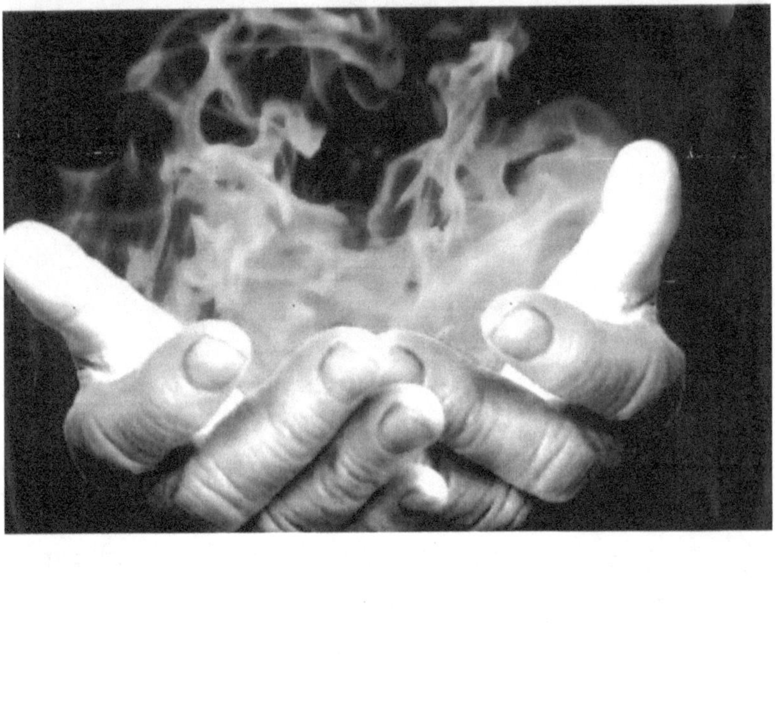

41

हवा में कितना ऑक्सीजन है?

उद्देश्य

हवा लगभग 21 प्रतिशत ऑक्सीजन का बना है। ऑक्सीजन और जग के बीच एक रासायनिक प्रतिक्रिया की जाँच के माध्यम से यह विज्ञान परियोजनाओं से आप अपने लिए यह प्रतिशत प्राप्त कर सकते हैं।

अनुसन्धान प्रश्न

हवा में कितनी ऑक्सीजन है? यह प्रयोग आपको खोजने में मदद करेगा। आप जंग बना लेंगे, और फिर इस तथ्य का उपयोग करें कि जंग और ऑक्सीजन एक दूसरे के साथ बातचीत करते हुए यह निर्धारित करने के लिए कि ट्यूब में हवा का प्रतिशत ऑक्सीजन से बना था।

सामग्री

- काँच की सुराही
- सफेद सिरका
- साबुन-मुक्त ठीक स्टील ऊन के पैड़
- चौड़ी, उथले कटोरा या पैन

- पानी
- खाद्य रंग
- प्लास्टिक या रबर के दस्ताने
- चार टेस्ट ट्यूब
- स्थायी मार्कर

प्रायोगिक विधि

1. जार सफेद सिरका और पानी की एक समान मात्रा के साथ भरें।
2. जार में इस्पात ऊन के पैड़ को रखें, और सोखने के लिए वहाँ रातों रात छोड़ दें। यह इस्पात पर लौह ऑक्साइड (जंग) का निर्माण करेगा।
3. एक इंच पानी के बारे में एक उथले कटोरे की बोतल में डालो। कटोरे में भोजन के रंग के दो बूँदों को जोड़ें।
4. दस्ताने पहले हुए, जंग लगा पैड से स्टील ऊन के कई किसमें, खींचे, और एक छोटी-सी गेंद बनाने के लिए उन्हें एक साथ रोल करें। इस प्रक्रिया को दो बार दोहराएँ ताकि आपके पास तीन छोटी गेंदें हों। गेंदों टेस्ट ट्यूबों की तुलना में थोड़ा अधिक व्यापक होनी चाहिए।
5. एक टेस्ट ट्यूब के अन्त में एक बोल को एक तरफ धकेलने के लिए, एक टेस्ट ट्यूब के अन्त में एक बोल तीन क्वार्टर और तीसरे टेस्ट ट्यूब में एक गेंद आधे रास्ते पर पेंसिल का इस्तेमाल करें।
6. कागज थी एक छोटी-सी गेंद को स्टील ऊन की गेंदों के आकार के समान आकार में पिलाना, और उसे चौथी ट्यूब में धकेल दें।
7. तैयार पानी के उथले डीश में एक पंक्ति में उल्टा चार ट्यूब

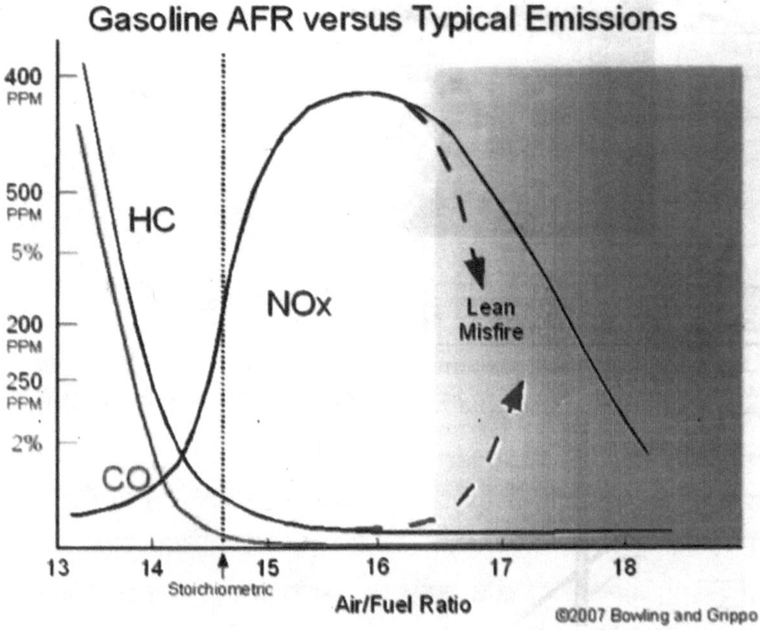

रखें। उन्हें वहाँ 24 घंटे के लिए छोड़ दें।

1. प्रत्येक ट्यूब पर जल स्तर को चिह्नित करें। पानी के स्तर में अन्तर देखें। इसमें कागज के साथ ट्यूब बिल्कुल भी बड़ी नहीं होनी चाहिए। अब प्रत्येक ट्यूब की लम्बाई का आंकलन करें। मान लें कि स्टील की गेंद के नीचे ट्यूब के शीर्ष के निशान हैं।
2. टेस्ट ट्यूब की ऊँचाई बढ़कर ऊँचाई को विभाजित करके चार्ट के चौथे स्तम्भ को भरें। ध्यान रखें कि ट्यूब को ऊपर ले जाने वाला पानी ऑक्सीजन की जगह ले रहा था जोकि जंग के साथ प्रतिक्रिया व्यक्त करता था। तीन टेस्ट ट्यूबों का अनुपात वही होना चाहिए, क्योंकि यह हवा में ऑक्सीजन के प्रतिशत के समान है, या लगभग 21% है।

42

भेड़िए के बारे में रोचक बातें

पैक में रहने और शिकार, भेड़ियों भेड़ के कुत्ते हैं जो एक ही समूह से डिंगो और कोयोट के रूप में आते हैं।

वे शिकार का पीछा करते हुए 65 किमी प्रति घंटे (40 मील प्रति घंटा) की गति तक पहुँच सकते हैं और इसमें ग्रे भेड़िया (लाल भेड़िया या लकड़ी भेड़िया भी कहा जाता है), लाल भेड़िया, आर्क्टिक भेड़िया, मैक्सिकन भेड़िया और सफेद भेड़िया। अधिक दिलचस्प जानकारी के लिए पढ़ें और भेड़िया तथ्यों की हमारी पूरी सूची का आनन्द लें।

- भेड़ियों उत्कृष्ट शिकारी हैं और मनुष्यों को छोड़कर अन्य स्तनपायों की तुलना में दुनिया में अधिक जगहों पर रहना पाया गया है।
- भेड़िया घरेलू कुत्ते की सभी नस्लों का पूर्वज है। यह जंगली कुत्तों को बुलाया जानवरों के एक समूह का हिस्सा है जिसमें डिंगो और कोयोट भी शामिल हैं।
- अधिकांश भेड़ियों का वजन लगभग 40 किलोग्राम होता है, लेकिन सबसे ज्यादा वजन वाले वुल्फ ने 80 किलोग्राम वजन दर्ज किया!
- वयस्क भेड़िये बड़े पैर हैं एक पूरी तरह से विकसित भेड़िया के पास पंजा सेंटी लगभग 13 सेंटीमीटर लम्बा और 10 सेंटीमीटर चौड़ा होता।

- भेड़िए रहते हैं और समूहों में शिकार एक पैक कहा जाता है। आवास और खाद्य आपूर्ति जैसे कारकों के आधार पर एक पैक दो भेड़ियों से लेकर 20 भेड़ियों तक हो सकता है। ज्यादातर पैक में भेड़िये की एक प्रजनन जोड़ी है, जिसे अल्फा जोड़ी कहा जाता है, जो शिकार का नेतृत्व करते हैं।
- वुल्फ पिल्ले का जन्म लगभग 19 किलोग्राम (1 पौंड) के बराबर होता है। वे वुल्फ पैक शिकार में सक्रिय रूप से

शामिल होने के लिए पर्याप्त रूप से पुराने होने के लगभग 8 महीने लग जाते हैं।

- आर्कटिक में भेड़ियों को खाने के लिए जंगल में भेड़ियों की तुलना में बहुत अधिक दूरी की यात्रा करना पड़ता है और कभी-कभी खाने के बिना कई दिनों तक जाना पड़ता है।
- अकेले शिकार करते समय, भेड़िया छोटे जानवरों को पकड़ता है जैसे—गिलहरी, खरगोश, चिपमंक्स, रैकून या खरगोश। हालांकि, भेड़ियों का एक पैकेट मोर कैरिबौ और याक जैसे बहुत बड़े जानवरों का शिकार कर सकता है।
- जब पैक एक जानवर को मारता है, अल्फा जोड़ी हमेशा पहले खाती है। जैसा कि खाद्य आपूर्ति अक्सर भेड़ियों के लिए अनियमित है, वे 1 तक खाएँगे।

43

ह्वेल के बारे में रोचक बातें

ह्वेल विशाल, गर्म रक्त, हवा साँस लेने के स्तरधारी हैं
जो समुद्र में रहते हैं कई अलग-अलग प्रजातियाँ हैं
नीले ह्वेल, किलर, ह्वेल, कुबड़ा व्लेल और मिंके सहित

हमारे मजेदार ह्वेल तथ्यों के साथ ह्वेल संरक्षण, उनके निवास स्थान, प्रवासन और अन्य रोचक जानकारी के बारे में और जानें।

- कई ह्वेल टूथलेस हैं वे पानी से छोटे क्रस्टेशियंस और अन्य प्राणियों को फिल्टर करने के लिए बाली नामक कंघी जैसे फाइबर की एक प्लेट का उपयोग करते हैं।
- ह्वेल की 79 से 84 प्रजातियाँ हैं। वे कई अलग-अलग आकार और आकार में आए!
- एक बच्चे ह्वेल को एक बछड़ा कहा जाता है ह्वेल बछड़ों को देखने और एक साथ भोजन करने के लिए समूहों का निर्माण करते हैं। इन समूहों को अक्सर सभी महिला या सभी पुरुष ह्वेल से बना होता है।
- उत्तरी और दक्षिणी गोलार्द्ध दोनों में पाए जाने वाले ह्वेल कभी मिलते हैं या नस्ल के साथ मिलते हैं। उनके प्रवास का समय समाप्त हो गया है ताकि वे एक ही समय में प्रजनन क्षेत्रों में न हों।
- एक ह्वेल के धनुषाकार निचले होंठ अक्सर यह मुस्कुराते हुए

दिखते हैं! हालांकि, यह 'वास्तविक' मुस्कुराहट नहीं है, क्योंकि ह्वेल के सिर में ब्लबबेर सतह की सतह तक पहुँचने से चेहरे की मांसपेशियों को रोकता है।

- आप अपने कान में मोम प्लग को देखकर ह्वेल की उम्र बता सकते हैं कान में यह प्लग परतों का एक पैटर्न है, जब लम्बाई में कटौती की जाती है कि वैज्ञानिक ह्वेल की उम्र का अनुमान लगाने में भरोसा कर सकते हैं।
- ह्वेल गाना पसन्द है! वे इसका इस्तेमाल दोस्तों के लिए कॉल के रूप में करते हैं, एक तरह से संवाद करने और मस्ती के लिए भी! कुछ समय बाद वे वही ह्वेल गीत से ऊब जाते हैं और एक अलग धुन गाना शुरू करते हैं।
- माइग्रेशन के दौरान कभी-कभी ह्वेल नेविगेशन गलतियाँ कीं। यद्यपि उन्होंने गलती दिनों पहले की हो सकती है, वे तब तक महसूस नहीं करते जब तक वे फँसे नहीं होते।
- ह्वेल कई अलग-अलग प्रकार के जीवन का समर्थन करते हैं। कई प्राणियों, जैसे कि बेर्नलिक और समुद्र के जूँ, खुद को ह्वेल की त्वचा से जोड़ते हैं और वहाँ रहते हैं।

44

तेंदुए के बारे में रोचक बातें

बिल्ली परिवार का एक हिस्सा, तेंदुए के शरीर शिकार के लिए बनते हैं। वे अकेले जानवर हैं, रात में शिकार करते हैं और अक्सर अपने भोजन को पेड़ों को सुरक्षित रखने के लिए खींचते हैं। अधिक रोचक जानकारी और तेंदुए तथ्यों के लिए पढ़ें।

- तेंदुए बिल्ली परिवार का हिस्सा हैं, फेलिडे। तेंदुए के लिए वैज्ञानिक नाम पैन्थेरा परिवार है।
- तेंदुए अपनी क्रीम और सोना के लिए प्रसिद्ध हैं, लेकिन कुछ तेंदुए के काले धब्बे काले धब्बे हैं। ये काले तेंदुए प्रायः पैंथर्स के लिए गलत हैं।
- वयस्क तेंदुए अकेले जानवर हैं। प्रत्येक वयस्क तेंदुए का अपना खुद का क्षेत्र होता है, जहाँ वह रहता है और, हालांकि वे अक्सर उसे साझा करते हैं, वे एक दूसरे से बचने की कोशिश करते हैं।
- शिकार के लिए एक तेंदुआ का शरीर बनाया गया है। उनके पास चिकना, शक्तिशाली निकाय हैं और प्रति घंटे 57 किलोमीटर प्रति घंटे की गति पर चल सकते हैं। वे उत्कृष्ट तैराकों और पर्वतारोही भी हैं और लम्बी दूरी पर कूद सकते हैं।
- एक तेंदुआ की पूँछ उसके पूरे शरीर के बारे में है। यह

सन्तुलन के साथ मदद करता है और इसे तेजी से मुड़ने के लिए जल्दी से सक्षम बनाता है।

- तेंदुए ज्यादातर रात में शिकार शिकार होते हैं।
- तेंदुए अन्य जानवरों से अपने पेड़ों में ऊपर खींचकर अपने भोजन को सुरक्षित रखते हैं। एक तेंदुए अक्सर अपने शिकार को पेड़ में दिन के लिए छोड़ देता है और केवल जब वे भूखे रहते हैं तो वापस लौटते हैं!
- महिला तेंदुए एक समय में दो या तीन शावक के छोटे जन्म

देते हैं। जब तक कोई दो वर्ष का बच्चा होता है, तब तक वह अपनी माँ की कम्पनी को छोड़कर अपने आप ही रहती रहती है।

- जब एक महिला तेंदुए को मिलन करने के लिए तैयार हो जाता है तो वह एक खुशबू देगी और उसके शरीर को पेड़ों पर रगड़कर उसे गन्ध छोड़ देगी। पुरुष तेंदुए या तो महिलाओं की सुगन्ध गंध करते हैं या उसे सुनने के लिए कहते हैं कि वह साथी के लिए तैयार है।
- कुछ लोगों का मानना है कि तेंदुए की हडिड्यों और कस्तूरी बीमार लोगों को चंगा कर सकते हैं हर साल कई तेंदुए अपने फर और शरीर के अंगों के लिए मारे जाते हैं और यह एक कारण है कि तेंदुए एक लुप्तप्राय जानवर है। जब वे पहले दुनिया के कई क्षेत्रों में जंगली में पाए गए थे, तो उनके आवास को उप-सहाराण अफ्रीका के लिए काफी हद तक प्रतिबन्धित किया गया है, भारत, पाकिस्तान, मलेशिया, चीन और इंडोचीन में भी छोटी संख्या भी मिलती है।

45

हाथी के बारे में रोचक बातें

इन दिलचस्प हाथियों के तथ्यों की जाँच करें और दुनिया के सबसे बड़े भूमि स्तनधारियों के बारे में जानें।

हाथी अद्वितीय जानवर है जो अफ्रीका और एशिया के कुछ हिस्सों में रहते हैं। अधिक जानकारी के लिए नीचे स्क्रॉल करें।

- दो प्रकार के हाथी, एशियाई हाथी और अफ्रीकी हाथी हैं (हालाँकि कभी-कभी अफ्रीकी हाथी दो प्रजातियों, अफ्रीकी वन हाथी और अफ्रीकी बुश हाथी में विभाजित है।)
- हाथियों दुनिया में सबसे बड़ा देश में रहने वाले स्तनपायी हैं।
- दोनों महिला और पुरुष अफ्रीकी हाथियों में दाँत हैं लेकिन केवल पुरुष एशियाई हाथियों में दाँत हैं वे खुदाई और भोजन खोजने के लिए अपने दाँत का इस्तेमाल करते हैं।
- महिला हाथियों को गायों कहा जााता है। जब वे करीब 12 वर्ष के होते हैं और वे 22 महीनों के लिए गर्भवती होते हैं, तब वे बछड़ों होते हैं।
- हाथियों के पास कोई प्राकृतिक शिकार नहीं है हालांकि शेर जंगली में युवा या कमजोर हाथियों पर कभी-कभी शिकार करेंगे। हाथियों के लिए मुख्य जोखिम शिकार और उनके आवास में परिवर्तन के माध्यम से मनुष्यों से है।

- हाथी का ट्रंक किसी वस्तु के आकार, आकार और तापमान को समझने में सक्षम है। एक हाथी अपने तने का उपयोग भोजन उठाने और पानी को चूसने के लिए करता है और उसके मुँह में डाल देता है।
- एक हाथी अपने दाँत का उपयोग भूजल के लिए खोदने के लिए कर सकता है। एक वयस्क हाथी को रोजाना करीब 210 लीटर पानी पीने की जरूरत होती है।

- हाथियों में बड़े, पतले कान हैं उनके कान रक्त वाहिकाओं के जटिल नेटवर्क से बने होते हैं जो उनके तापमान को नियन्त्रित करते हैं। गर्मियों में उन्हें ठण्डा करने के लिए रक्त उनके कानों के माध्यम से प्रसारित होता है।
- एक हाथी का ट्रंक लगभग 2 मीटर लम्बा हो सकता है और 140 किलो तक वजन कर सकता है। कुछ वैज्ञानिक मानते हैं कि एक हाथी का ट्रंक 100,000 मांसपेशियों से बना होता है, लेकिन कोई हड्डियों नहीं।
- महिला हाथियों ने बड़े समूहों में रहने वाले अपने पूरे जीवन व्यतीत किए हैं, जो कि झुंडों के नाम पर है। पुरूष हाथी अपने झुण्ड को लगभग 13 वर्ष की उम्र में छोड़ देते हैं और इस बिन्दु से काफी अकेले जीवन जीते हैं।
- हाथी तैर सकते हैं—वे गहरे पानी में स्नोर्कल की तरह साँस लेने के लिए अपनी ट्रंक का उपयोग करते हैं।
- हाथी शाकाहारी हैं और पत्ते, टहनियाँ, बांस और जड़ें एकत्र करने में 16 घंटे तक खर्च कर सकते हैं।

46

जिराफ के बारे में रोचक तथ्य

जिराफ पृथ्वी पर सबसे ऊँचा भूमि जानवर है, जो उनकी विशिष्ट गर्दन में भाग लेते हैं, जो अकेले लगभग 2 मीटर की ऊँचाई तक पहुँच सकते हैं।

अपने आवास और अन्य मजेदार जिराफ तथ्यों के बारे में अधिक जानकारी प्राप्त करें–

- एक नर जिराफ एक पिकअप ट्रक के रूप में ज्यादा वजन कर सकता है! यह लगभग 1400 किलोग्राम है।
- यद्यपि एक जिराफ की गर्दन 15-18 मीटर है, इसमें मानव गले में एक ही संख्या में कशेरुका होता है।
- जिराफ का निवास आमतौर पर अफ्रीकी सवाना, घास के मैदानों या खुले जंगलों में पाए जाते हैं।
- जिराफ पूंछ बनाने वाले बाल मानव बाल के औसत किनारों की तुलना में लगभग 10 गुना अधिक मोटा है।
- जिराफ रेगिस्तान हैं इसका मतलब है कि उनके पास एक से अधिक पेट हैं वास्तव में, जिराफ के चार पेट होते हैं, अतिरिक्त पके हुए भोजन को पचाने में सहायता करते हैं।
- जिराफ के लिए सबसे ज्यादा खतरनाक बार पीने में से एक है हालांकि यह एक पेय मिल रहा है, यह शिकारियों के लिए नजर नहीं रख सकता है और हमला करने के लिए कमजोर है।

- जिराफ को शिकारी से बचाने के लिए एक अच्छा छलावरण के रूप में एक जिराफ के फर अधिनियम को कवर करने वाले विशिष्ट स्पॉट। जब जिराफ पेड़ों और झाड़ियों के सामने खड़ा होता है तो छाया और सूरज की रोशनी के साथ उसके फर मिश्रणों के हल्के और गहरे रंग का रंग होता है।

- जिराफ के लिंग को उसके सिर पर सींग से पहचानना सम्भव है। दोनों नर और मादाओं में सींग हैं। लेकिन महिलाएँ छोटे हैं और शीर्ष पर बालों के साथ कवर किया गया है। नर जीराफ में 3 अतिरिक्त सींग हो सकते हैं।
- पुरुष जिराफ कभी-कभी महिला जिराफों पर अपनी गर्दन से लड़ते हैं। इसे 'नेकिंग' कहा जाता है दो जिराफ पक्ष के पास खड़े होते हैं और एक जिराफ उसके सिर और गर्दन को झुकाता है, उसके सिर को अन्य जिराफ के खिलाफ मारता है। कभी-कभी एक जिराफ को युद्ध के दौरान मैदान में मारा जाता है।
- एक महिला जिराफ खड़ा होने पर जन्म देती है। बछड़ा जमीन पर लगभग 6 फीट बूँदें, लेकिन यह गिरावट से चोट नहीं है।
- जिराफों में नीले रंग की बैंगनी भाषाएँ होती हैं जो कठोर होते हैं और कर्कश बालों में आती हैं जिससे उन्हें काँटेदार बबूल के पेड़ खाने में मदद मिलती है।

47

चीते के बारे में रोचक बातें

इन मजेदार चीता तथ्यों को पढ़कर चीता के बारे में अधिक जानें चीता बड़ी बिल्ली के परिवार का हिस्सा हैं और जब वे पेड़ों पर चढ़ने नहीं कर सकते, तो वे किसी अन्य भूमि जानवर की तुलना में तेजी से चला सकते हैं। अधिक रोचक चीता जानकारी के लिए पढ़ें।

- चीता दुनिया के सबसे तेज भूमि जानवर है वे करीब 113 किलोमीटर प्रति घंटे की एक शीर्ष गति तक पहुँच सकते हैं।
- चीता केवल कुछ ही सेकंड में 0 से 113 किमी तक तेजी ला सकती है।
- चीता बहुत तेज हैं लेकिन वे जल्दी से टायर करते हैं और कुछ ही मिनटों के लिए केवल अपनी शीर्ष गति को जारी रख सकते हैं इससे पहले कि वे जारी रखने के लिए बहुत थक गए हों।
- चित्ता बड़ी बिल्ली के परिवार के अन्य सदस्यों की तुलना में छोटी है, केवल 45-60 किलोग्राम का वजन।
- हमेशा एक चीता को पहचानने का एक तरीका लम्बी, काली लाइनों द्वारा होता है जो प्रत्येक आँख के अन्दर से मुँह तक चलता है। इन्हें आमतौर पर 'आंसू लाहनों' कहा जाता है और वैज्ञानिकों का मानना है कि वे चीता की

आँखों को कठोर सूरज से बचाने में मदद करते हैं और उन्हें लम्बी दूरी देखने में मदद करते हैं।

- चीता ही एकमात्र बड़ी बिल्ली है जो गर्जन नहीं कर सकती। वे यद्यपि पुख्ता कर सकते हैं और आमतौर पर जब वे अन्य चीता के पास सौन्दर्य या बैठा रहे हैं, तो सबसे जोर से पुष्ट हो सकते हैं।
- जबकि शेरों और तेंदुए आमतौर पर रात में शिकार करते हैं, दिन के दौरान चीते भोजन की तलाश करते हैं।
- एक चीता के दिन के दौरान अद्भुत दृष्टि होती है और यह 5 किमी दूर से शिकार कर सकती है।
- चीता पेड़ों पर चढ़ने नहीं कर सकते हैं और नजदीकी रात दृष्टि नहीं कर सकते हैं।
- उनके हल्के शरीर के वजन और कुन्द और पंजे के साथ, चीता स्वयं या उनके शिकार की रक्षा के लिए तैयार नहीं

हैं। जब एक बड़ा या अधिक आक्रामक जानवर जंगली में चीता तक पहुँचता है, तो वह लड़ाई से बचने के लिए अपनी पकड़ छोड़ देगी।

- चीता को हर तीन से चार दिनों में एक बार पीने की जरूरत होती है।

48

मेंढक के बारे में रोचक बातें

मेंढक आकर्षक जानवर होते हैं जो अद्वितीय व्यवहार और विशेषताओं की सुविधा देते हैं। अधिक रोचक जानकारी और मेंढक तथ्यों के लिए पढ़ते रहें।

- एक मेंढक एक amphibian है वे अपने अंडे पानी में रखते हैं। अंडे एक टैडपोल में छिपते हैं जो पानी में रहता है जब तक कि यह एक वयस्क मेंढक में बदलता नहीं होता।
- टेडपॉल्स मेंढकों की तुलना में मछली की तरह अधिक दिखते हैं, वे लम्बे पूंछों को भुनाते हैं और गलियों से साँस लेते हैं।
- एक एम्फिबियन भूमि पर और पानी में दोनों ही रह सकता है।
- हालांकि देश में वनों पर काढ़ा रहते हैं, उनके आवास में दलदलों, तालाबों या नम जगह के पास होना चाहिए। इसका कारण यह है कि अगर उनकी त्वचा सूख जाती है तो वे मर जाएँगे।
- मेंढक अपनी नाक के माध्यम से साँस लेते हैं, जबकि उनकी त्वचा के माध्यम से लगभग आधा हवा को अवशोषित करते हैं।
- मेंढक अपने चिपचिपा, मांसपेशियों जीभ का उपयोग भोजन को पकड़ने और निगलने में करते हैं। मनुष्य के विपरीत उनकी जीभ उसके मुँह के पीछे संलग्न नहीं है इसके बजाय

यह मोर्चे से जुड़ा हुआ है, जिससे मेंढक अपनी जीभ को बहुत ज्यादा छोड़ने में सक्षम बनाता है।

- आम तालाब मेंढक नस्ल के लिए तैयार है जब यह केवल तीन साल का हो।
- जंगली चेहरे में कई खतरे हैं और कई सालों तक जीवित रहने के लिए भाग्यशाली हैं। कैद में हालांकि, मेंढक बहुत अधिक समय तक जी सकते हैं।
- मेंढक एक ही समय में आगे, किनारों और ऊपर सभी देख सकते हैं। वे अपनी आँखें बन्द नहीं करते, तब भी जब वे सोते हैं।
- उल्लेखनीय रूप से, मेंढक वास्तव में भोजन को निगलने में मदद करने के लिए उनकी आँखों का उपयोग करते हैं जब मेंढक झपका जाता है, उसके आँखों के नीचे की ओर धकेल दिया जाता है जिससे उसके मुँह की छत में उभार होता है यह कम्बल अपने गले के पीछे के नीचे मेंढ़क के मुँह के अन्दर खाना निचोड़ लेता है।

49

शेर के बारे में रोचक बातें

बच्चों के लिए इन मजेदार शेर तथ्यों का आनन्द लें शेर के व्यवहार के बारे में जानें, वे कितनी तेजी से चल सकते हैं, जहाँ वे पाए जाते हैं, कितने शेर आमतौर पर एक गर्व में हैं, पुरुष के माने, शेरनी अन्तर और अधिक। सिंहासन के बारे में दिलचस्प चीजों की विस्तृत श्रृंखला देखें।

- शेर दुनिया में दूसरी सबसे बड़ी बड़ी बिल्ली प्रजाति हैं (बाघों के पीछे)
- औसत पुरुष शेर का वजन लगभग 180 किलोग्राम (400 एलबी) है जबकि औसत महिला शेर का वजन लगभग 130 किलोग्राम (290 एलबी) है।
- रिकॉर्ड पर भारी शेर एक अद्भुत 375 किलो (826 पाउंड) वजन।
- शेर तक की गति तक बढ़ा सकते हैं 81 किलोमीटर प्रति घंटा (50 मील प्रति घंटा), लेकिन केवल थोड़े फट के कारण, सहनशक्ति की कमी के कारण।
- एक शेर की दहाड़ दूर 8 किलोमीटर (5.0 मील) से सुना जा सकता है।
- ज्यादातर शेर अफ्रीका के दक्षिणी और पूर्वी हिस्सों में जंगली रहते हैं।

- अन्य बिल्ली प्रजातियों की तुलना में शेर बहुत ही सामाजिक हैं, अक्सर गर्व में रह रहे हैं जिसमें महिलाओं, वंश और कुछ वयस्क पुरुषों की सुविधा है।
- पुरुष शेरों को उनके विशिष्ट पुरुषों के लिए धन्यवाद पहचानना आसान है। गहरे रंग के पुरुष के साथ महिलाएँ अधिकतर महिला शेरों (शेरनी) को आकर्षित करने की सम्भावना रखते हैं।
- लायंस अल्बानिया, बेल्जियम, बुल्गारिया, इंग्लैंड, इथियोपिया, लक्समबर्ग, नीदरलैंड और सिंगापुर का राष्ट्रीय पशु है।
- लगभग 12 वर्षों के लिए जंगली में शेर रहते हैं।
- जब शेर बाघों से नस्ल करते हैं, तो परिणामस्वरूप हाइब्रिड को जिगर और टाइगॉन कहा जाता है। यहाँ शेर और तेंदुए संकर भी हैं, जिन्हें लिपोंस और शेर और जगुआर संकर के रूप में माना जाता है जिन्हें जैग्लिएंस कहा जाता है।
- शेरनी पुरुषों की तुलना में बेहतर शिकारी हैं और एक गर्व के लिए शिकार के अधिकांश काम करते हैं।
- जंगली में शेर एक दिन में करीब 20 घंटे तक आराम करते हैं।

50

डाल्फिन के बारे में रोचक तथ्य

बच्चों के लिए इन मजेदार डॉल्फिन तथ्यों की जाँच करें विभिन्न प्रकार के डॉल्फिन के बारे में जानें, कैसे वे एक-दूसरे के साथ संवाद करते हैं और बहुत कुछ डॉल्फिन के बारे में इन दिलचस्प तथ्यों को पढ़ें और आनन्द लें।

- अन्य जानवरों की तुलना में, डॉल्फिन बहुत बुद्धिमान माना जाता है।
- डॉल्फिन मांसाहारी (मांस खाने वालों) हैं।
- खूनी व्हेल (जिसे ओर्का भी कहा जाता है) वास्तव में डॉल्फिन का एक प्रकार है।
- बॉटलनोज डॉल्फिन का सबसे सामान्य और प्रसिद्ध प्रकार है।
- महिला डॉल्फिन को गायों कहा जाता है, पुरुषों को बैल कहा जाता है और युवा डॉल्फिन को बछड़ों कहा जाता है।
- डॉल्फिन स्कूलों में या 12 व्यक्तियों तक के पॉड्स में रहते हैं।
- डॉल्फिन अक्सर एक चंचल व्यवहार दिखाते हैं उन्हें मानव संस्कृति में लोकप्रिय बनाता है। उन्हें पानी से बाहर कूद, लहरों की सवारी, खेलना लड़ना और कभी-कभी पानी में तैरने वाले मनुष्यों के साथ बातचीत करना देखा जा सकता है।

- डॉल्फिन सांस लेने के लिए अपने सिर के शीर्ष पर एक ब्लॉहोल का उपयोग करते हैं।
- डॉल्फिन में उत्कृष्ट दृष्टि और सुनवाई के साथ-साथ ऑब्जेक्ट्स के सटीक स्थान को खोजने के लिए एंचोलोकेशन का उपयोग करने की क्षमता है।
- डॉल्फिन, सीटी और अन्य ध्वनियों पर क्लिक करके एक दूसरे के साथ संवाद करते हैं।
- कुछ डॉल्फिन प्रजातियाँ का एक उदाहरण है, जो हाल ही में विलुप्त हो सकता है।
- कुछ मछली पकड़ने के तरीके, जैसे जाल के उपयोग, हर साल बड़ी संख्या में डॉल्फिन को मारते हैं।

www.ingramcontent.com/pod-product-compliance
Lightning Source LLC
LaVergne TN
LVHW100302051026
849517LV00006B/2170
* 9 7 8 9 3 9 5 1 4 5 3 8 1 *